CALVIN
寻圣光的人

［美］玛蒂娜·莱维特 著
周天亮 译

民主与建设出版社
·北京·

For Kevin, James, and Nicole

目 录

Part 1
故事由一封信开始
/001

亲爱的比尔,我是怀着很忐忑的心情给你写这封信的,希望你不要介意。比尔,我遇到了麻烦,不知道该怎么办,希望你能帮帮我,你是我心中最温暖的光亮。

Part 2
我得了精神分裂症吗?
/017

我不好,比尔,我出了毛病,霍布斯在我耳边吼叫,老师变出她外星人的真身,我还看到莫里斯在一旁大声嘲笑我,这就是我所记得的全部,直到我在医院里清醒过来。

Part 3

穿越冰湖，追寻圣光

/055

　　我想如果我有任何借口将那些事淡忘，那就是因为当她说她要和我一起横跨伊利冰湖时，我全部的孤独感都烟消云散。冰湖虽然危险，但比尔，我真的真的要去追寻你。

Part 4

点亮内心最隐秘的地方

/117

　　当我们离开的时候，我看到霍布斯像一条橙色的毯子，漂浮在黑色的水面上。永别了我的朋友，谢谢你的忠告！回望霍布斯的时候，我忽然觉得我内心最隐秘的地方亮了起来。

Part 1
故事由一封信开始

亲爱的比尔,我是怀着很忐忑的心情给你写这封信的,希望你不要介意。比尔,我遇到了麻烦,不知道该怎么办,希望你能帮帮我,你是我心中最温暖的光亮。

1

亲爱的比尔①:

又是我,卡尔文。

希望你不介意我叫你比尔,并无冒犯之意,毕竟"沃特森先生"字母较长,相比之下,"比尔"简短,好写得多。

我写这封信给你是有两个原因,一个原因是因为我的英语课题作业,它可是占了我该科总成绩的百分之五十啊!老师只是给了个想法,但要求我们内容最好要丰富,毕竟它占了百分之五十的成绩嘛。

好吧,我该从何处着手?人们说像我这样年纪的人,可能知道三万个词,但从三万个词中挑选出要写的第一个词,却是最难

---

① 比尔·沃特森,《卡尔文与霍布斯》连载漫画创作者。1995年11月9日沃特森宣布退休,虽然粉丝们极力挽留,但他毅然退出公众视线,过上隐居生活。因沃特森对漫画业的巨大贡献,美国漫画家协会授予其最高漫画奖——鲁本奖,他成为该奖项有史以来最年轻的获得者。沃特森以两点闻名于世,一是不对漫画进行任何商业授权,二是其彻底的隐居生活。

的。当你选出第一个词之后,它会莫名其妙地选出第二个词,而第二个词也会这样选出第三个词……然后,你会发现你已经完全失去控制——钢笔就像是救命稻草,而你可以做的,仅仅是拼命地抓住不放——不好意思,比尔,有时我就是这么说话的。

相信我,我在这封信上要讲的所有事情,都是真的。你可能会纳闷,自己怎么能相信我——一个最近被确诊为精神分裂的孩子,可我已经想清楚了,"实际存在的"和"真实的"两者之间还是有差别的。现实是无论你多么渴望它会消失,但它都不会消失的东西,如学校与重力,即便穷尽你的想象力让它消失,它都还是依然会存在。与我同病相怜的人,只是"想象力"不受约束,一直向上飘,好像根本就没有天花板似的。有时飘得高,会有那么几次,重重地摔下来,可之后却能飘得更高。

但"真实"不会飘,它就在原地。

事情就是这样开始的。

比尔:我病了。

那是周四晚上,也就是说第二天周五,我就要交英语和生物的课题作业。

这两份作业,分别占了英语和生物最终成绩的百分之五十和百分之四十。我已经对生物课题做了些调查，但英语的都还没开始，真要命。

有些人的生活，毁在了致瘾物质上，而我的生活，则毁在了拖延症上。那是一月底，我高三的第一学期期末。父母为我感到非常自豪，因为我的成绩优秀，他们确信我可以上一所好大学，攻读神经科学。然而，我的英语和生物眼看就要挂科，这将成为我成绩单上永远的污点。如果这样，我也甭想再上大学，余生恐怕都要顶着个"差生"的帽子度过。

我正躺在床上为这事烦恼时，整个房间开始膨胀、收缩。可以感受到的是，我也随着房间的变大和缩小而变大、缩小。我就如同童话故事《漫游仙境》中的爱丽丝，身体就像个气球，有人把我这个气球吹大，然后又放掉气，循环往复……

我当时纳闷，这究竟是怎么了呢？然后，我听到了一个声音："是我。"

我知道是霍布斯，我立即就知道是它，虽然当时我看不到它——事实上，也确实是它。

"是我，霍布斯。"在漫画《卡尔文与霍布斯》中，卡尔文每天放学回家，在门口都会被霍布斯撞倒，鞋子飞起，尘土飞扬，搞得他天旋地转。

比尔啊，你知道那种感觉吗？当霍布斯和我说话时，我就有那种感觉。他的声音，我竟然可以听到！那感觉就好像我被撞倒在地，鞋子满天飞，眼冒金星。

我小时候从未有过这样的情况，那时玩偶霍布斯要说什么，是由我决定的。有时，我都惊讶于我让它所说的话，结果变成好像真的是我——卡尔文本人与另一个我（霍布斯）之间在对话。有时，我都忘了他们俩其实都是我。

但这次不一样，这个声音清晰、完整，似乎和我并没什么关系。

起初我没应它——我又不是疯子：我知道它不存在。但它真的存在！我可以感受到它，听到它在我房间某处呼吸的声音。

霍布斯说，我在这儿，只是你看不到我。

还有，比尔，你知道卡尔文发疯或受到惊吓时的情形吗？他会将他的脸，幻想成一个大黑洞，粉红色的舌头悬挂其中。当霍布斯不停地跟我说话时，我就有种被吓到的感觉。我躺在床上，仿佛也顶着个大黑洞头，粉红舌头悬于其中……这种状态，持续了很长一段时间，然后剧情这样发展：

我轻声地说：我长大了，不再需要一个想象中的朋友。

霍布斯：我不是你想象的。

我：不，你就是。

霍布斯：我是真实存在的。

我：才不是。

霍布斯：拜托，我是真实的。

我：你就是想象的。

霍布斯：好吧，如果我是你想象的，那你让我说点什么？

我：那你就说，老虎都是笨蛋。

我屏气凝神，试图让它说出来，可它竟然没有说。

霍布斯：得了吧！你知道我对猫科动物的忠诚。

我：说！这可是我的脑袋，你是我想象的产物，我叫你说老虎都是笨蛋，你就必须得说！

霍布斯：……

我：快说！

霍布斯：人类都是笨蛋。

我：我这就告诉我妈妈。

霍布斯：你要告诉她什么？你要告诉她十七岁的你，还有个吃人的老虎，作为想象中的朋友？

我：是啊！——妈！

霍布斯：那你知道她会怎么做吗？她会带你去看医生。

我：那又怎样？她也应该那样做。

霍布斯：那你知道医生们会怎么治疗你吗？

我：……

霍布斯：没错，就是那样。

我：你从来都不是真实的，我既然创造了你，同样也可以让你消失。

霍布斯：是比尔[1]创造了我。

我：好吧，但现在是我在听你说话，我可以选择不听。

霍布斯：你可以吗？

我：是的，我可以。

霍布斯：那你试试。

我：……

霍布斯：你有在试吗？

我：……

霍布斯：我还在这儿，你尽管可以不理我，但你没法赶走我。

我：你只不过……你以前只不过是个玩具……

---

[1] 比尔是漫画《卡尔文与霍布斯》的作者，所以说是比尔创造了霍布斯。

霍布斯：那是以前，你还在试吗？

我：我会一直试下去，直到你消失。

霍布斯：如果你尝试让你想象中的东西消失，那意味着你在试图装作它不存在的同时，也在承认它的存在。只要你一想知道你有没有赶走我，你就又想起我，那我就会出现——无论何时，只要你想知道我是否消失，你就会想起我，我就无时不在。

就在那时，妈妈打开了房门。

妈妈：卡尔文，你刚刚叫我了？

我：是……吗……没有……我一定是在做梦……不好意思。

妈妈：没事，晚安，乖儿子。

我：妈，你看到霍布斯了吗？

妈妈：你在做梦啦，我们很久以前就失去霍布斯了。

霍布斯："失去"这个词说得有点委婉，是她浸死了我。

妈妈：你没事吧，亲爱的。

我：没事。

妈妈：有什么事想和妈妈说吗？

我：没啦，谢谢妈妈，那我睡觉了！

她关了门。

霍布斯：你一直都是个聪明的孩子。

2

大概在我九岁时，妈妈把霍布斯给"洗死了"。就像往常一样，妈妈把它和几条毛巾，扔进洗衣机。她这样洗过很多次，但这一次霍布斯被洗坏了。当洗涤结束后，那些毛巾与霍布斯的肚子、皮毛黏到一块儿。妈妈慢慢地把这团东西拉出洗衣机，扔进篮子里，说："反正这些都是旧毛巾，没什么所谓，至于霍布斯，我感到非常遗憾，我想它只是太旧了。"也许，她最后把这整团东西，都扔进了垃圾桶。

霍布斯死之前我是一个样，死之后我是另一个样。

霍布斯死之前，我想成为能够改变世界的幸运儿，就算概率像中彩票那么渺小，我都想。我想成为一个让世界变得更美好的人，这样的人全世界百年一遇，概率是六十亿分之一，而我曾相信自己就是那"之一"。爱因斯坦凭借着相对论成为这样的人，但由于当时世界人口数量较少，他在世时"中彩票"的概率会稍微高些。

霍布斯死之前，我以为自己可以赢得那张"彩票"，成为改变世界的人。

霍布斯死后,我才开始发觉那样的想法是多么愚蠢——我意识到你必须是一个怪胎,才能赢得那张"彩票",但我真的想要赢得它。

我想知道这样做值不值得,毕竟做一个怪胎的代价是很高的。我开始琢磨,首先我为什么想要改变世界——因为名望?因为钱?这就是我想要改变世界的理由吗?

霍布斯死之前,纸板箱可以成为一部时光穿梭机或变形宝箱;可它死之后,纸板箱就只是一个纸板箱。

我还察觉到其他改变——霍布斯死后,要是我坐在马车和雪橇上,东倒西歪地冲下陡峭的山坡,我会感到害怕了;霍布斯死后,我变得不再害怕床底下的怪物;我开始害怕气候变化和核炸弹,还害怕其他在新闻上听到的事情……

要知道,这些事情并不会随着你打开灯,或你妈妈走进房间而消失。

我现在已十七岁,还有一只"老虎"跟我说话。我并不害怕床下的怪物,但我很害怕那只在床上的怪物,它就是我。

那天晚上,费了一番功夫,最后不知怎么地才睡着。

第二天早晨下了床,感觉从高空坠向死亡的深渊,那时我终于明白为什么人们在坠落时要一路尖叫。

然后，我真的醒来，双脚踏在地板上，依然有那种从高空坠向死亡深渊的感觉，并且我发现，即使你已坠过一次，再来一次时，你依然还是会一路尖叫。

妈妈隔着门喊我。

妈妈："卡尔文！怎么回事？我叫了你三次！快点，你要迟到了！"

因此我下了床，但我却可以看见原子，真的！没骗你。我可以看见组成这个世界的全部原子，当我站在地板上时，就好像有上万亿个滚珠在我脚下。

当洗澡时，我可以感受到氢与氧的分子流，轮流地在拍打我。当我坐下把煎蛋大口大口地塞进嘴里时，我几乎可以听到小鸡原子在说："别吃我呀！"但不管怎样，我还是吃了它们，然后出门去坐公交车。

和我一起在雨中公交站等车的，是我的伙伴——吃人的老虎霍布斯，只是它不在我的视线范围内而已。

从某种程度上看，霍布斯在那儿确实让人感到怪异，但换个角度看，也不会说让人感到害怕。因为我唯一的朋友——苏茜，已经交了新的朋友，我已经很长一段时间没有一起玩耍的伙伴了，现在我终于有个人说说话，虽然它只是一只想象出来的老虎。

这时霍布斯又开始说话："让我告诉你被洗衣机'洗死'是怎么个情形吧，首先你身上会破个洞，你的肠子从身体里流出来，然后那个洞变得越来越大，肠子拉得越来越长，并且你要在肥皂水中打转，你被洗衣机搅得天旋地转，里朝外翻。还有，你的两个眼珠子被分离开，会沉到洗衣机的底部，你甚至看不到另一个眼珠子在哪儿……直到你最好的朋友嘲笑你那孤单分离的眼珠子，这个'洗死'的过程才宣告结束。"

我：那看起来确实有点儿搞笑。

霍布斯：那时我真的非常生气，现在想起来都仍然生气！我想你应该补偿一下我的损失，逃学吧！我们去玩吧！

我：一边儿去！

霍布斯：怕什么啊，伙计！我们曾经一起玩儿得多开心啊！我们将再次回到从前，我们一起滑过雪橇，堆过雪人，打过雪仗，筑过堡垒，那曾是多么美好的时光呀。

我：是呀！你还记得上次我们去滑雪橇，我把手臂还有脚给摔断了吗？

霍布斯：你还记得我们经历的所有冒险？

我：记得呀！所有的打打闹闹都记得！

霍布斯：还有那些探险与爬树呢？

我：我们惹的所有麻烦我都记得呢！

霍布斯：我们离家出走吧！

我：人们会认为我是疯子，因为我能听见你说话。

霍布斯：我们什么时候在乎过别人怎么想？

我：普通人是少数服从多数的，他们决定了大家怎么想。

霍布斯：那我们去创造我们自己的世界啊！

我：你怎么可以自己创造一个世界？

霍布斯：有什么不可以？

我：因为……因为这就像是在打"卡尔文球"①。如果你一边打一边制定规则，其他人不懂，也没法跟你玩，你也永远不会知道游戏何时结束或你有没有赢……这样做没什么意义，这样做的人也会非常孤单。

霍布斯：你放弃那张可以改变世界的"彩票"了吗？

我：我永远都无法赢得那张"彩票"……

霍布斯：你永远都不应该放弃呀！

我：太难了！此外，现在我还要想办法解决我的问题。

霍布斯：什么问题？

---

① 卡尔文球是在漫画《卡尔文与霍布斯》中由卡尔文和霍布斯一起发明的游戏，该游戏的特点是选手边玩边制定规则。

我：你啊！你就是我的问题。

霍布斯：你的想象力就是一个变形宝箱。

我：变形宝箱只不过是一个纸板箱而已，你让我一个人静静，你走吧。

霍布斯：不！

我：是我创造了你！我可以让你消失！

但是比尔，它并没有消失，它阴魂不散，求你拯救我吧。

Part 2
我得了精神分裂症吗?

我不好,比尔,我出了毛病,霍布斯在我耳边吼叫,老师变出她外星人的真身,我还看到莫里斯在一旁大声嘲笑我,这就是我所记得的全部,直到我在医院里清醒过来。

1

妈妈说她和爸爸想让我在一年级的期末申请留级,但他们测试了我之后,发现我的智商排在第九十六个百分位(意味着仅有百分之四的人智商比我高),因此他们认为我只是无心向学。于是爸爸长篇大论地跟我说,如果我自己不努力提高成绩,那谁都没办法帮助我。但结果是,所有的长篇大论都不会让你乐于接受,也不会让你想更加努力地学习。所以,在那些只要通过点名露面的考查课,我总是可以得高分,但在那些要求完成课题的考试课上,我就不能同样轻松地通过。

我一直有这样的烦恼:我是去上学了,可我似乎没学到真正有用的东西。就拿小鸟来说吧,我每天都可以看见同样的几种小鸟,但即便是在我高中的最后一年,我依然不知这些小鸟属于什么种类——当然,知更鸟除外。难道就不能有一节叫"基本鸟类"的课?花类呢?难道就不能有一门叫"你平日会遇到的常见花类"的课程?还有,就不能有些课讲讲金融界是怎么运行的?比如说这样的课——"怎样进入股票市场才不会输个精光",甚至开门课讲讲当你开银行账户时,怎么填工作人员给你的信息表也好啊……可我却要在英语课上读小说《苍蝇王》①，其实只是为了了解——所有年轻人内心深处都有兽性，并要我们感恩文明，是文明让我们免于自相残杀。但《苍蝇王》是在一九五四年写的，难道自那以后就没有其他好书了吗？如果我们的课程能与时俱进的话，是不是我们就能更好地发展？就不能有门叫"婚姻、贷款、育儿"的课程？这些可都是你人生中最重要的几件事，但却没人教你怎么做。最搞笑的是，我知道酸与碱的分子差异，可知道酸碱分子差异对我来说没有用啊，就不能偶尔教点实用的东西吗？我只是想当我环顾这个世界时，不会像我背元素周期表那样感到彷徨与迷茫！

因此，没错，比尔，我一直和学校格格不入。

整个上午，霍布斯一直跟着我，虽然它没有完全进入我的视线，但我知道它一直在我右后方，有时我可以瞥见它的尾巴。整个上午我都在纠结："英语作业、生物作业、霍布斯，英语作业、生物作业、

---

① 1954年，威廉·戈尔丁（William Golding）爵士以"蝇王"为主题写作出版了一部小说，原著为 *The Lord of the Flies* 中文译名为《苍蝇王》。这是一部带有神话色彩的小说，孩子是这个故事的主人公，但《苍蝇王》并不是一般意义上的儿童文学，而是一部写给大人看的书，故事所展示的儿童世界只是成人世界的一个缩影。

霍布斯……"

它们就像是我脑海中反复念诵的咒语。

它们就像是我嘴边的疮。

它们就像是鞋子里的细石。

我想,我应该回家。不,我不能回家,我应该逃离……

霍布斯:如果你是个高中辍学生的话,你是很难改变世界的。

我:如果我和一只想象中的老虎说话,那就更别想改变世界!

我将成为那个智力在"九十六个百分位"的人群当中第一个要挂科的,对此我父母还一无所知。

爸爸曾反复叮嘱我要好好学习,这样我长大后才不用去做苦力,现在我恐怕是要一辈子都去搬砖,可现在机械的工作都已智能化,都将被机器所替代。

霍布斯:反正麦当劳会为你一直敞开工作的大门!不过我想知道,如果你在那儿工作,假设二十年的话,你有钱搬出你父母的房子自己住吗?如果一个人的雄心壮志只是停留在从一个炸薯条的提拔到做汉堡,我也好奇这样的人能不能找到女朋友。

2

像这样的一天,我当然没那么好运可以避开莫里斯①。

莫里斯:我今天中午吃什么好呢,小点心?

霍布斯咆哮了一声。

莫里斯一把夺走了我的午餐袋,并将他的大魔爪伸了进去,抓了个苹果砸向我,他说:你可以吃那个苹果!

他看着我,就好像他对我恨之入骨,每次他忘了带午餐而抢我的吃,我都让他得逞,从未追究过他——这样的事,他做得太多太多。

霍布斯:我可以把他吃了吗?

莫里斯:你骨瘦如柴啊,伙计!告诉你妈你得要份更大的午餐。

他拆开我的三明治……

霍布斯:我其实对他没什么兴趣。

我:管你对他有没有兴趣,把他吃了吧。

---

① 卡尔文的同学,经常抢夺卡尔文的午餐袋。叫卡尔文"小点心"。

莫里斯靠向我，猛地抓起我撞向储物柜。

莫里斯：那是什么？

如果不是苏茜突然站在那儿的话，霍布斯可能就扑向莫里斯了。

苏茜：一切都还好吗，卡尔文？

她瞪着莫里斯。

霍布斯：嗨！宝贝儿！

我：你的男朋友是一个愚蠢的恶霸，我看向苏茜。

我敢那样说是因为我知道如果苏茜在的话，莫里斯不会动我一根寒毛。

苏茜：他才不是我的男朋友。

莫里斯：恶霸？言重了言重了，我还以为我们是朋友呢。莫里斯搂住苏茜的肩膀，朝我龇牙咧嘴，还咬了一大口我的三明治。

她从莫里斯手臂下溜了出来。

莫里斯：嗨，你能有点幽默感吗，麦克林（苏茜的姓氏）？这才是我们男人之间表达情感的方式，对吧，小点心？我们可是好哥儿们，是吧？

苏茜疑惑的目光从我移到莫里斯，又从莫里斯移回我身上。

我：当然啦，莫里斯！我们是好哥儿们！从高一开始就是。

莫里斯：苏茜，给你一半我的三明治，你要吗？

她一脸茫然地拿了另一半三明治,然后他们边走边品尝我的花生酱香蕉三明治,苏茜回头看了看我,似乎希望我能说点什么揭穿莫里斯,但我没有,我从来都不会说。

霍布斯:我真不敢相信你仍然能忍受这一切。

我:那取决于你怎么定义忍受。

霍布斯:怪不得你要我重新出现。

我:我没有!我想你消失!

但比尔,当时我还真有点不想霍布斯消失,我有点喜欢他在我脑子的某个角落待着,因为他会对莫里斯咆哮,也会叫苏茜"宝贝儿"。

走廊的小孩儿们盯着我看,觉得我很搞笑,可能是因为我似乎在跟自己争论得面红耳赤,所以我赶紧离开,前往英语课的教室,在那儿吃我仅剩的苹果,等待上课。

我不知道我为何还去上课——放学后我的生命就会结束。英语作业下课前要交,于是我就幻想,或许会有个人从外太空飘落到我的桌子上……

整节课我反复拷问自己:"你为什么不做这学期的课题作业?"

越是拷问，越是痛苦，我都能听到自己的脑细胞因语法复习课无聊致死时发出的微弱惨叫声。

之后这些惨叫声变得非常响亮，我几乎听不见老师在讲什么，她正盯着我，面部表情已经扭曲到好像她第一次看到如此令人厌恶的人。我看着她，突然她变成了一个球形脸的外星人。

我可算是明白了，她正慢慢地把年轻人的大脑，变成一种灰色的奶昔，总有一天，她会通过吸管，吸干我们的大脑。

老师：卡尔文，你来回答这个问题！

我没听到她的问题，但我感受到了她那怪异的目光。

我很礼貌地问道：请问您能换种方式表述问题吗？

她顿了顿。她识破我了吗？

老师：在这个句子中，介词短语在哪里？我不知道还可以怎样更好地表述这个问题。

我：在这个句子中，它是介词短语。

她睁大了眼睛盯着我，我想我可以看到她的下巴在冒泡，好像她的下颌骨随时都会撑破她的人类外皮。

老师：你可真是太聪明了，但我问的是黑板上的句子，不是我说出来的句子！

我盯着黑板上的句子，到目前为止，大约有一百万个脑细胞已经惨死，它们都是语法的受害者，但我努力尝试着召集幸存的脑细胞……接下来我说了些话，但都是些胡言乱语。

苏茜当时正盯着我看，好像我长了个恶性肿瘤。

苏茜：卡尔文？

教室的全部颜色都显得有点太亮，但边缘却太黑，难道她还不能看清那个所谓老师的险恶意图？霍布斯正在咆哮，虽然声音低沉，但却致命。

我站了起来，感到天旋地转。

我：快跑！苏茜！我帮你垫后……

老师：卡尔文？卡尔文？你还好吗？

我不好，比尔，我出了毛病，霍布斯在我耳边吼叫，老师变出了她外星人的真身，并且我还看到莫里斯在一旁大声嘲笑我，这就是我所记得的全部，直到我在医院里清醒过来。

卡尔文的另一个自我——宇航员斯毕夫苏醒，他发现自己被外星人绑架了，囚禁在他们飞船的无菌实验室里。很明显，这是一个审讯室，但斯毕夫是一个坚忍的人，毫不畏惧。外星人穿着薄薄的人形装束，斯毕夫坚信他们这样做是为了哄骗他，好让他们在做万恶的实验时，他可以更顺从。他们用针刺他，采了血样，并问了关于他思维活动的问题。起初斯毕夫拒绝满足他们的要求，可当他看到他们正在商量选定折磨他的最好方式，以让他开口时，斯毕夫全招了。斯毕夫对他拯救世界以免受敌人侵占的计划，感到绝望。

3

这就是事情的经过,比尔。

这一分钟我是一个正常的孩子,用自己的头脑思考,可下一分钟我就变成了您漫画中的"卡尔文",用他的头脑来思考。我努力地想搞清楚,但如果你的脑子就是问题所在的话,你又怎么能用脑子想清楚事情呢?

我只是不断地想我的名字叫卡尔文,还有为什么会有只老虎,在我的房间角落里,发出呼噜声。我反反复复地想,直到我突然觉得或许有些神奇非凡的东西,正在这里发生。或许漫画中的人物卡尔文,对太多人来说都太真实,《卡尔文与霍布斯》最后一本漫画出版的那天,人们同时都感受到了爱与悲伤,就好像一个亲人离去一样。而我正是那天出生的,我张大嘴巴,吸了第一口气,就把卡尔文的灵魂吸进了我的身体。

我没有病,我只是被卡尔文的灵魂附了身!两个"卡尔文"在我的头脑中纠缠,就好像把所有的碎片拼在了一起,这样很多事情就说得通了。

　　当然，人们很可能不会相信我。但是，任何时候在这宇宙中发生的神奇事情，都应该引起我们的注意，难道不是吗？当一些事情让人难以置信时，或许是因为宇宙正在一点一点地发生改变。这也正说明，你远远没搞懂我的意思。这还说明，我也很有幽默感。

　　比尔，我正躺在床上思考着，妈妈就走了进来，看样子，她忘了化妆和梳头发。我知道她看起来一团糟，是因为她担心我。爸爸就站在妈妈身后，面容紧绷，有点惊慌失措，就和他缴税时的神情一样。

妈妈：嗨，卡尔文。

我：嗨，妈妈。嗨，爸爸。

爸爸：儿子。

妈妈：我爱你，卡尔文。

　　她在对话之初就说她爱我，要知道这又不是我的生日或其他什么节日。妈妈并不是那种轻易流露感情的人，所以我一下子就明白了我的情况非常糟。

　　妈妈坐在我的床边，爸爸一言不发，只是对我微笑，抚弄我的头发。

我：爸爸你别难过，你是个好爸爸，虽然有时我不是很喜欢你，可你是一个别致的、有个性的父亲。

他弯下身子，用他的额头蹭了蹭我的头顶。

爸爸：我的乖儿子。

我：要是你没那么严格的话，要是每年你把我要的圣诞礼物都给了我的话，你就离"好爸爸"更近一些了。

爸爸：这些都是我原本应该要做的。

我：还有电视，如果你让我多看点儿电视的话！

爸爸点了点头。

我：还有，让我在一个合理的时间洗澡、睡觉，别让我六岁时嚼烟草，我一直认为那样我会崩溃；噢，我差点儿忘了，你从来没给我建过滑雪缆车——从根本上讲，这全部都是你们的错。

爸爸：是的，全部都是。

他说话的声音缓慢而又柔和。

我：不过，你要知道，虽然你受欢迎度不高，但这并不意味着你没有忠实的粉丝，也不意味着没有人很爱你。

一个穿着便服（牛仔裤和高尔夫球衫）的男人，走了进来。

男人：你好，卡尔文，我是费尔本医生。

我：嗨，你是医生？你的学位证书在哪儿？

医生：我将我的学位证书裱在了我办公室的墙上，你想去看看吗？

我：我听说这些证书可以造假的。

费尔本医生笑了笑，他高大威猛，看样子世界上的女人，可能都想和他这种人约会。他问我父母是否可以单独和我聊一聊。于是我父母就离开了，然后医生问我在学校发生了什么事儿。很快我就向他交代了有关"霍布斯""课题作业"以及"宇航员斯毕夫"的一切。我向他吐露了我全部的私事儿，但他给我的反应却是："你很可能患上了不良适应性白日梦病，并且幻听意味着你可能有更严重的其他疾病。"

我决定要保持礼貌。

我：我会考虑你的意见的，但医生你应该知道，我曾经也想学神经系统科学，我了解大脑，我可能甚至还有些头脑。

医生：我当然相信你是个有头脑的人，让我们把你的父母请回来吧。

他问了我爸妈关于他们父母以及兄弟姐妹的问题，还有我有没有吸食过毒品，以及他们有没有发现这个那个的，然后他说他怀疑我是精神分裂症发作，但他还需要观察一段时间，以方便确诊。

妈妈边听医生说边点头，装出一副若无其事的样子，好像医生只是说我的手指倒刺有点严重而已，但爸爸看起来却是一副想揍医生的表情。

医生向我爸妈解释关于大脑的一切，告诉他们精神分裂症是一类精神疾病，以及它是怎样容易和其他精神疾病混为一谈的，还有它的症状是怎样从轻微到完全致残的。每次他说精神分裂症这个词时，我都感觉好像有针在刺我的眼睛，而霍布斯却在我看不见的地方，坐着打哈欠，幸灾乐祸。

费尔本医生停止了说话，他们三个都在看着我。

我：我还会长大吗？

医生：我非常肯定你还可以长大。

我：好的，那现在我可以回家了吗？

医生：我想让你在这儿待几天，做些检查，以便制定治疗方案，帮助你战胜病症早日回校。对年轻人来说，尽早开始治疗是非常重要的，如果初步诊断是错误的话，我们会改变方案的。

我想已到了说出我全新绝妙想法的时候！

我：其实不用吃任何药，也可以非常轻松地将我的病治好，我只要比尔·沃特森再出一本漫画就行，只要再出一本，甚至一幅也行，漫画中十七岁的卡尔文要健健康康，并且不能有霍布斯。

医生（目瞪口呆）：……

妈妈（目瞪口呆）：……

爸爸（目瞪口呆）：……

我：这件事我已想了很久，我觉得比尔·沃特森和我有着某种神奇的联系，他以这种方式创造了现在这样的我，同样也能以这种方式让我恢复原状。

医生看了看我爸妈。

医生：这是精神分裂症常见的症状之一，幻想价值、权力、知识，以及身份的膨胀，或是幻想和名人有着特殊的关系。

我：好吧，但你听我说，我出生那天，恰恰就是沃特森先生出版他最后一本漫画，并写信告知公众他封笔的那天，妈妈，我说得对不对？

妈妈：没错，可我们也不知道……

我：然后，我爸妈还给我取名卡尔文！

医生：……

妈妈：没错，亲爱的，你也知道我们给你取名卡尔文，是因为你爸爸当时刚刚完成了他关于加尔文主义（Calvinism）的博士论文呀，我们从来没听过《卡尔文与霍布斯》这套漫画。

我：话虽如此，你告诉医生爷爷做了什么。

妈妈：好吧，他确实给你买了一只绒毛老虎。

我：并且就放在我医院的摇篮里，他还说不想他的孙子以约翰·加尔文①（John Calvin）的名字命名，他一边叫着玩具老虎霍布斯的名字将它放进我的摇篮，一边给我取名字，虽然我还是叫Calvin，但这个名字却是源于漫画②的Calvin，而不是John Calvin。

爸爸：这都没错，但是……

我：可爷爷是认真的。

医生：你有一个很有趣的家庭，可那并不意味着比尔·沃特森控制了你的命运，也不意味着他不管怎样都可以帮助你呀。

爸爸：说真的，卡尔文，你真的认为你是由比尔·沃特森创造的？我想说的是，当我和你妈创造你的时候我就在场，你不会想让我告诉你这个过程吧？

我：我就好像是漫画中的卡尔文，这点你无法争辩。

---

① 法国著名的宗教改革家、神学家、基督教新教的重要派别加尔文教派（在法国称胡格诺派）创始人。人称日内瓦的教皇。

② 《卡尔文与霍布斯》作者[美]比尔·沃特森。主角是六岁的小男孩卡尔文与他的玩具老虎霍布斯，作者别出心裁地让玩具虎霍布斯在小主角的幻想中成为一只活生生的老虎，随着卡尔文意识的流动以及外部环境诱发的联想链条不断出现，故事情节在幻想与现实之间展开，有时老师、父母变成了恐龙、猩猩等怪物，有时小主角卡尔文自己又变成了太空宇航员斯毕夫，尽管都是异想天开，然而读来却十分生动。由于作者在学术理论方面的兴趣，卡尔文与霍布斯名字分别来自神学家约翰·加尔文和哲学家托马斯·霍布斯。

妈妈：你不像他呀，你……

我：你读过那本漫画吗？

妈妈：读过一次，你爷爷让我读的。

我：那我和漫画中的卡尔文有什么不一样？

妈妈：你有五根手指。

我：四根手指只是一种象征。

妈妈：什么的象征？

我：象征着绘画的难度，我和他一样有着金色的头发，我那红色的小推车都还在。

爸爸：每个人的小推车都是红色的。

我（对着爸爸）：你是戴眼镜的。

爸爸：你妈妈也戴呀，但是漫画中卡尔文的妈妈不戴。

我：可能她戴了隐形眼镜，我是街区里堆雪人堆得最好的，还有，我一年级的老师名字叫什么？伍德小姐！你不觉得和漫画中的沃伍德小姐很相似吗？不是吗？不是吗？

妈妈：我承认，这些巧合确实有点不寻常，可再怎么说它们也仅仅是巧合啊。

我：难道世界上发生的所有怪异的、无法解释的事情都是巧合吗？你确定？

妈妈：是的，我确定。

医生：卡尔文，比尔·沃特森不像我和你父母，他没有能力来帮助你，也没有义务帮助你，可我们是在想尽一切办法要将你治好呀。

我没再争论下去，我不想让已经悲伤的妈妈悲痛，不想让她眼睁睁看着她的宇航员儿子斯毕夫，飞进"精神分裂行星"的大气层而化为飞尘。

医生：我想卡尔文需要睡会儿了，我们明天早上再谈吧。

妈妈：没错，让他休息是个好主意。

爸爸：我们明天见好吗，卡尔文？

我：好的，晚安。

我爸妈和医生一起离开了病房，而且妈妈还没走出房门就开始哭泣。

午夜了，但我想的还是比尔你，我、霍布斯，还有苏茜——我的"前朋友"，或者说我的"敌友"，我也不知道她是什么角色，反正我也有想她。我花了大半个晚上思考我怎样才能说服你再出一本漫画，漫画的主角只能是十七岁的我，不能有霍布斯——只有我，并且是一个健健康康的我。所以，我就想出了一个计划，来证明我对你的终极热爱，好让你能为我创作新的漫画。我相信这本新漫画会让我好起来,你可以让我好起来,并让霍布斯消失。我笃定地认为,你是我的拯救者——在辽阔而孤寂的人生,你就是撕开我人生黯淡天幕的那道"圣光"。

想好了计划后,我就安心地睡着了,可恶的是,霍布斯这家伙也在我旁边呼呼大睡。

4

第二天早上,费尔本医生很早就来了,早得有点变态。

我:不好意思,医生,早餐前我是不会表现出任何症状的。

话虽那样说,可当时我都能听见霍布斯在洗澡。

医生:很高兴见到你,卡尔文,昨晚睡得怎么样?

我:睡得很好,我什么时候可以离开这儿?

医生:急什么呢?我们对你不好吗?

我:呃,你就不能打开我的脑壳,然后调整一下我的神经刻度盘吗?

医生(笑了笑):……

我决定跟他理论理论。

我:语法课折磨我,应该说是语法和两个课题作业折磨我,我非常确定如果可以将语法课和课题作业,从我生活中抹去的话,我就可以回家,并且恢复正常。

霍布斯:你有正常过吗?

我：这全怪你，你这浑身长满跳蚤、脏兮兮的绒毛球！

费尔本医生仔仔细细地观察我，好像我是显微镜载玻片上的涂片。

医生：我们周一要做些检查，看看你的脑子里出现了什么状况。

我：出现了一只老虎，这只老虎就是状况。

医生：我不想你担心，但可以确定的是，我们会帮上你的忙。

我：担心？我一点儿都不担心，我为什么要担心？如果给我选择待在这里，还是待在油锅里被烹的话，我会选择后者。

医生：卡尔文呀，患上精神疾病不等于死亡，至少对当今时代来说不等于。

我：是的，你说得没错，但你说的是正常死亡，可能你没听说过，年轻人最渴望的就是正常。

医生：好吧，那你说什么是正常？

我：你有精神病吗？

医生：没有……

我：那你就正常，正常就是你没有生病；正常就是你可以判断另一个人，出现了什么毛病；正常就是你可以融入集体，而不会在上学期间精神病发作，以这样的方式"脱颖而出"……

医生：卡尔文，你知道在北美有多少人得了精神分裂症吗？我告诉你,超过两百万人,不是只有你一个。

我:哇!如果我们是异种僵尸杀手的话,早就占领这个世界了。

医生:许多有精神分裂症的人,都受过良好的教育,并对社会做出过重大贡献,你想上大学吗?想有一份好工作吗?

我没有回答,但刹那间我发现我比以往任何时候都更想——想变得正常、普通,甚至无趣都可以,我只想过一种正常、普通,哪怕是无聊的生活。

医生:你可以做大部分你想做的事儿,大多数人的病,通过药物治疗都好转了很多,并过上了丰富多彩的生活,没有人死于精神分裂症。

我:除非患者自杀。

医生(点了点头):自杀的风险确实要高得多,你不会去伤害自己的,对吗?

我想到了我的计划,但我还是清醒的,不至于笨到会告诉他。

我:这倒不会,但这儿确实有一只吃人的老虎,巴不得我日渐憔悴,这就让整个治疗的时间变得紧迫。

霍布斯咆哮了一声,医生清了清嗓子。

医生:卡尔文,你是一个非常有创造力的年轻人,这实际上是符合一些关于幻觉症病人理论的,艺术家和创意天才的丘脑多巴胺受体密度要比常人低,精神分裂症患者亦是如此,这就意味着你大脑的过滤器运行得不如正常人的好,所以大量未经筛选过滤的信息,涌入你的大脑。对一些人来说,如此海量的信息,让他们成为各自领域的天才。我们要做的就是控制住负面影响,然后你就可以拥有非凡的人生,成为下一个约翰·纳什①或萨尔瓦多·达利②……

我们现在应该明白,并不是说要么你是个疯子,要么你就是个正常人,不是那么非此即彼的,人人都是一个连续体。

我:就好像时空连续体一样?

医生:我们不能将人们分成快乐的人和沮丧的人,这是存在生理梯度的,一些人极少感到悲伤,而一些人却在遭受极其严重的抑郁,大部分人两者皆有。精神病也是同样的道理,我有一首歌在脑海里挥之不去,而你则有一只老虎在你的脑海里安营扎寨。从根本上说,我们没什么不同,你在这儿待上几天,我们会制定出一个治疗方案,来减轻你的症状,好吗?

我:我读过相关书籍,了解到抗精神病药有副作用,例如脑萎缩。

---

① 约翰·纳什,生于1928年。著名经济学家、博弈论创始人、《美丽心灵》男主角原型。获得1994年诺贝尔经济学奖。
② 萨尔瓦多·达利,生于1904年。西班牙超现实主义绘画大师。与毕加索,马蒂斯一起被认为是二十世纪最有代表性的三个画家。

医生：每种药都有潜在的副作用，卡尔文，病人可能会便秘、尿床、流口水、性欲减退等，但这样的情况很少见。

我：这让我非常不舒服。

霍布斯在大笑。

医生：这些药物，在某些精神病的治疗上，是相当先进的。

我：我不吃药，霍布斯也不是那么坏。

霍布斯：我怎么会坏？我可好了！

我（对着霍布斯）：他们想叫我吃药。

霍布斯：那是因为他们认为我只是你的幻听而已。

我：你本来就是。

霍布斯：我不是。

我：就是！

霍布斯：我才不是！

我：就是！就是！就是！……

我察觉到医生正离开病房，我只是对着空气在大声说话，这就是为什么他们要我吃药的原因吧。

早餐后，我下床走了走，费尔本医生说只要我乖乖的，我就可以走走。我所看见的病人，看上去都没什么病，至少不会比我每天在学校看到的人差到哪里，只是护士看起来有点儿疑神疑鬼，就像卧底间谍那样。当我走出房门时，他们装作没在看我，但实际上我知道他们一直在盯着我。全部的房门外，都装有加密通行小键盘，还有一张访客须知，上面写着通行密码，每过几天就会更换，要想出门，就要向护理人员索要密码，否则你甭想出去。

在公共区域，我看到了一个女人缓缓地将杯子拿起向嘴巴靠，她的手一直在抖，小指用尽全力，差不多放到唇边了又慢慢地、小心翼翼地将杯子放回桌上，这动作看起来好像她在堆纸牌屋，而且是在放最后一张牌。她面露哀色，好像她不懂为什么她不能喝到茶。然后她又试了一次（还是失败了），当她试第五次的时候，我就走开了。

一个和我年龄相仿的人，看见了我，并向我敬礼。

"大兵"：长官好！他的手举到右眼上敬礼，显得有点儿僵硬。

我：稍息，大兵。

他把手垂到大腿一侧。

"大兵"：长官，我们被俘虏了。

我：我们确实被俘虏了。

"大兵"：我不知道怎么才能逃走。

我站在那儿看着他，上下打量着，心想当霍布斯说话时，我们仨就组成了个新的小团体。

霍布斯：你可以跟在一些访客后面溜出去。

我（面对着"大兵"）：我也不知道怎么逃出去，下士，但我正在谋划，我想好了就会告诉你。

"大兵"：好的，长官，我会等待你的命令！

霍布斯：叫他趴下，做二十个俯卧撑。

我在公共阅览室，找到一台电脑，在网上找了张地图，还看了天气预报，我这儿有我从小到大存的八百美元，可这只够大学八天的学费，然而我可以拿着这些钱，做一些冒险的事儿。

比尔，接下来我要寄一封信给克利夫兰地方报纸《实话报》的编辑，告诉他我想出来的绝妙计划，正如你所知道的，我还发了一封电子邮件给你的出版商，委托该公司将邮件转发给你。计划一实施，我就感觉好多了。

接着，这地方的访客开始多了，霍布斯和我就回到了我的病房。

我正琢磨着我的逃跑计划，抬头就看到苏茜·麦克林正站在我的病房。

霍布斯：嗨，宝贝儿！

苏茜·麦克林，我们曾经是朋友，现在只是无限近似朋友的状态。自打从婴儿起,我们住的地方就只隔着两扇门,我们一起玩耍、打闹,一起长大……她是我生命中的一部分——我大脑里每个神经元的树突,都有苏茜的名字刻在上面。几年前她就像赢得基因库的彩票一样,变得美丽动人。不久后,她开始吸引了一群正常的朋友,和我走得越来越远。一整年她都没真正和我说过话了,而现在她出现在我的病房里,这真有点儿莫名其妙。

她穿着一件T恤,上面写着"永远不要相信原子——它们组成(编造)①了一切"。

她什么也没说,只是看着我,好像看到我躺在那里,她很吃惊。

我:你怎么没去上学?

苏茜:今天是周六。

我:你为什么来这里?

苏茜:我有点儿好奇,你妈告诉我妈你的情况了。

我:你想看看我这个精神分裂的孩子?

她点了点头,没有笑,也没感到尴尬,要想让苏茜尴尬,真的很难。

苏茜:精神分裂症?真的吗?

---

① 原文make up既有"组成"的意思,也有"编造"的意思,这里是个双关语。

我：其实，他们也还没完全确定，医生说还要很长时间才能确诊。

苏茜：你有什么感觉？

我：那种感觉，就是我的头像一把变形枪——我得小心它指向的地方。

霍布斯：它可是个致命武器呢！

我（对着霍布斯）：你给我小心点，要不然就拿它对着你。

苏茜：你在跟谁说话？

我：我刚刚和霍布斯在说话，但你只能听到我说的部分。

苏茜：你们的对话我只能听到一方的，这可是非常没礼貌的行为，你得转告给霍布斯听。

霍布斯：宝贝儿，你对我很重要，告诉苏茜我刚刚说的话。

苏茜多盯了我一会儿。

苏茜：莫里斯和他的喽啰们，对你精神崩溃这件事儿大做文章。

我：真的吗？这让我有点意外。

苏茜：你会意外？

我：好吧，不会。

苏茜：他们说你是个神经病。

我：现在的孩子真是难搞。

苏茜：你是？神经病？

我：你能听到霍布斯在嘲笑我吗？

苏茜：听不到。

我：好吧，那就说明我是个神经病，你可能不知道，那些创意天才们在发散思维能力测试中表现出色，但是他们的丘脑多巴胺受体的密度要比常人低，精神分裂症患者亦是如此。精神分裂症患者和那些极具创意的人的信息过滤能力较低，不易感觉到惯例的限制。

苏茜：……

我：我创意十足，我的思维分散能力也强。

苏茜：哎呀，你说得很对！那你什么时候回学校？

我：我不打算回去了。

苏茜：……

我：我回不去了，你也知道，年轻人无法容忍那些对现实抱有不同观点的人。

苏茜：你不想回学校，仅仅是因为你从来都不喜欢学校罢了。

我：没错，但奇怪的是，我现在最怕的是没法回到学校，甚至害怕没法回到地球，我爱的所有东西，可都在地球呀！

苏茜：我从网上了解到，一些受过良好教育的人、名人，甚至富人，都有患上精神分裂症的。

我：别说那个词。

苏茜：霍布斯还在吗？

我：还在。

苏茜：精神分裂症，精神分裂症，精神分裂症……

我：别闹！别闹！

苏茜：我可以把你的作业带来。

我：我不会做作业的，我还在医院呢，如果我可以做作业的话，那我就不会在医院。

苏茜：我会帮你的。

我：我生病了，所以我想做什么就做什么，要知道，如果你觉得我很怪，你随时都可以走的。

她已经开始拉上她的派克大衣。

霍布斯：对于女孩子，你一直都很有一套。

我：等等，苏茜，在你走之前，我得告诉你一些事儿，你是……你是当中的一部分。

苏茜：什么的一部分？

我：正发生在我身上事情的一部啊，难道你从来没想过，你为什么叫苏茜？怎么会跟一个叫卡尔文的男孩儿做朋友？

苏茜：我一直认为，我爸妈在给我取名字的时候，没有发挥太多的想象力。

我：我出生那天，正好比尔·沃特森出版他最后一本漫画。

苏茜：你以前说过了。

我：我的爷爷，给了我一个叫霍布斯的绒毛玩具虎，我有多动症，并且想象力丰富到近乎病态对不对？然后，更神奇的是，在我隔壁再隔壁住着一位女孩儿，并且她的名字就叫苏茜！

苏茜：我明白了，所以我的存在仅仅是你想象世界的延伸。

我躺在枕头上，我可以听到霍布斯发出的嗡嗡声，就像一台割草机的声音。

我：可能一旦你有了一个想法，并且数百万的人热爱你的想法，当你集才华与爱于一身，你的想法就与这个世界格格不入，这会对现实造成冲击，就像陨石撞击地球一样，砰！我想这个宇宙就是不能让卡尔文离开的。

苏茜：我确定医生们有药可以治这个病。

我：我不想吃药，我要去做点什么，让我的健康有所好转，让比尔·沃特森帮助我恢复健康。

苏茜：吃药就可以让你有所好转。

我：我已经请求比尔，让他再出一本漫画，书中的卡尔文也是十七岁，并且健健康康，里面没有霍布斯。

霍布斯：什么？！

我：我要采取行动，好让他愿意为我画那本漫画。

苏茜：那你有什么打算？

我：你还记得漫画中的卡尔文，最后说了什么吗？他站在户外的雪地里，然后说："一起去探险吧！"

苏茜：我记得！

我：我要去探险，我要在冬天徒步旅行。

苏茜：什么时候？你不上学了吗？

我：我告诉过你，我不能回去学校了。

苏茜：那你就让莫里斯和那些无知的家伙毁了你的生活？你要让他们决定你对自己的看法和你能做的事情？好吧……那就这样吧……你要去哪里徒步？要出城？

我：是要出省。

苏茜：……

我：还要出国。

苏茜：……

我：我要走去克利夫兰，据报道说，比尔·沃特森就住在那儿。

苏茜：克利夫兰？从利明顿走到克利夫兰？

我点了点头。

苏茜(她的声音变得有些紧张):到目前为止都没人能说服过他再出一本卡尔文的漫画,所以你认为,你只要做了这件事儿,比尔·沃特森就会再出一本?其他著名的漫画家、出版商和数百万的漫画迷们不能说服他,而你可以?你认为你绕着伊利湖走走就可以让他改变主意?

我:是啊,但有一件事我不会做,我不会绕着伊利湖走。

苏茜:不绕着伊利湖走,你怎么去克利夫兰?

我:我要步行穿过伊利湖。

苏茜:……

我(咧着嘴笑):……

苏茜(小声嘀咕):你还真以为自己是耶稣了……

我:是在湖的冰面上穿过啦!是在湖的冰面上穿过啦!你还真以为我有多疯啊?

苏茜:已经足够疯到要待在医院的病房里了,你不知道每年冬天都有人死在伊利湖吗?

我能听到霍布斯在房间某个我看不到的角落,哈哈大笑。

我:那里的温度,已经低于冰点一个月了,然后……

苏茜:你是想自杀啊?!

我:不好意思,你得干点惊天动地的事儿,才能实现你的宏伟目标，虽然每个人都想多看点儿关于卡尔文的漫画，但他们不是非要不可，不像我！其他人虽然也有这个需要，可他们不至于为了这本漫画愿意做任何事情，面对现实吧，没人真正努力尝试过。要知道，这将是一次朝圣之旅！

苏茜：什么朝圣之旅，你这就是自杀，是……是在要挟！

我：我没有要挟他，我只是让他知道，我有多么需要他，许多人都写信给比尔，但是没有人去朝拜过他。

苏茜：那么你认为他就会在对岸等着你？和他的漫画一起等你？

我：我就是这么想的！

苏茜站在那儿，紧紧地盯着我，眼睛睁得和她整张脸那样大。

苏茜：好好好……好好好……你的脑子已经没有任何理性可言，但我们别忘了，至少比尔的脑子是不会被你搞凌乱的。

我：或许不会吧，可你永远不会知道，像他那样的脑子会怎样，比尔是个天才。

苏茜：他确实工作很努力。

我：你想，既有天赋又有努力工作的能力，这样的概率该是多小啊？

苏茜：一者是你与生俱来的，二者是随着你的成熟而发展起来的。

我：总有一个诀窍，不是吗？

苏茜：我得告诉你妈妈你的计划。

我：如果你说了，她是不会让我去的。

苏茜：说实话，你真的认为，你让我知道这计划后，我不会说出去？

我：他们会说我在将自己置于险境，他们会让我永远待在医院的。

苏茜：你的确会将自己置于险境！

我：你知道我可以做到的，我会找到比尔。

苏茜开始摇头。

我：我以前是个童子军，你还记得吗？你还因为这取笑过我呢！

她像个摇头娃娃一样，不停地摇着头。

我：你知道我喜欢野营，即使在冬天。

她停止了摇头。

苏茜：看来，你真的是认真的。

我：我真的打算去做，你让我的计划实施起来更困难，或者更简单。

苏茜：要是你在外面崩……崩溃了怎么办？

我：我已经崩溃了，这样做是死马当活马医。

苏茜的手就那么静静地垂着，没有多余的动作，那个样子真酷，其他女孩子在说话时总是,要不摸摸头发,要不检查一下指甲或看看手机,再不就做出各种手势,而苏茜可以一动不动。

苏茜:其实你不必告诉我。

我:不,我要告诉你。

苏茜:你告诉我是因为你信任我。

我耸了耸肩,这动作在表示:我信错了吗?

她差点笑了,我想她的意思是:你没信错。

霍布斯:你从来未曾真正了解女人。

我:拜托,你就不能闪一边去吗?

霍布斯:我想回到过去。

我:我都这个岁数了,还有一个想象中的朋友,这是不能被社会接受的。

霍布斯:我们在乎吗?

我:我在乎!我听得到你说话,是因为我病了!我病了是因为,我听得到你说话!

苏茜:我不想冒犯,但我猜你不是在和我说话。

我:我要走了,现在就走,在我爸妈出现之前。

苏茜:我跟你一起去。

那一刻,我发觉她很可能不比霍布斯真实多少。

我穿上衣服,拿了派克大衣和苏茜走进了过道。

我:假装你只是个访客。

苏茜:我本来就是个访客呀。

我:好吧,假装我只是个访客。

我们跟着两个大人身后瞎逛,装作他们就是我们爸妈,霍布斯轻轻地跟在我身后,无论我多快扭过头来,我还是看不见他,但当我们朝门走去时,我看到了他那比我的脚大一倍的前爪,我知道他不在那儿,但也极有可能是他。

没有人阻拦我们,甚至都没人多看我们几眼,直到那个"大兵"在过道和我们擦身而过,他敬了礼,然后放下手臂。

大兵:你在逃跑。

我:没错。

大兵:你抛弃了我。

我:我也是迫不得已。

大兵:记得回来救我。

我:一定。

我向他敬了礼,他也向我敬了礼,然后苏茜、霍布斯和我一起,跟在一些大人后面走出了病房,如此简单。

Part 3
穿越冰湖，追寻圣光

我想如果我有任何借口将那些事淡忘，那就是因为当她说她要和我一起横跨伊利冰湖时，我全部的孤独感都烟消云散。冰湖虽然危险，但比尔，我真的真的要去追寻你。

1

我们走着的时候,我突然想起那个大兵没跟苏茜说话,也没问起她,于是我盯着她看,但她的脸却不会变形——呃,这张脸看起来有点虚弱,但眼光不要那么挑剔的话她还是很漂亮的。

我:消失吧,幻影!

苏茜(在叹气):我不是你的幻影。

我:幻影都是这样说话的。

我们叫了一部在医院门前等客的出租车。

苏茜:我们去哪儿?

我:去露营者天堂商店。

她点了点头。

像她这样漂亮的女孩,朋友多,学习好,或许她想要谁做男朋友都可以,可是她却跟我走,真是有点不合常理,而霍布斯和我们坐在后座,这也不合常理,我仍然看不见他,但我就是知道他也在,我的感觉就像我在做梦,梦中我意识到我是在做梦,然后我就想:只要我在做梦，我就可以……

我们途经银行时取了钱，到了露营者天堂商店时，我告诉出租车司机在外面等我们一下，商店好像夹杂了帐篷、皮靴和麦片的味道，而我却似乎是很长时间以来，第一次那么开心了。

店员：您好，今天有什么可以帮到您的吗？

我：我需要买一些冬季徒步旅行装备。

苏茜：每种装备来两套。

店员：很乐意为您效劳。

我（对着苏茜）：霍布斯不需要徒步装备的，他有一件毛皮大衣，你忘了吗？

苏茜：我是要跟你一起去的，你忘了吗？

我：你这样说，只是想把我弄糊涂。

苏茜：你是不是想我打电话给你爸妈，告诉他们你正在干什么？

我：你不会那样做的。

她双臂交叉。

我：苏茜，这次徒步要花上十七个小时，甚至二十小时，并且你根本不知道在湖面上会出现的状况。

苏茜：不管，每种装备来两套，你知道我是不会让你一个人去的。

我站在那儿,惊讶地张大了嘴巴,往事历历在目,所有的思绪仿佛吹进我的大嘴巴。我仍然记得,我意识中失去苏茜的那一刻,那是十一年级的第一天,我们站在储物柜前,而她刚刚发现我透过她储物柜的通风片,塞进去了一只死蜘蛛。她看了看那只死蜘蛛然后看了看我,但她没发脾气,我当时不知道她在想什,她会为我这样做而感到难过吗?下一秒钟,她的女性朋友蜂拥而至,她们将她团团围住,所以你可以看得出来,她有很多朋友而我没有朋友,除了霍布斯被洗死的那一刻,这可能是我感到最孤独的时候了。

比尔,我猜如果我有任何借口将这些事情淡忘的话,那就是因为当她说她要和我一起横跨伊利湖时,全部的孤独感都烟消云散了,这一切现在听起来有点无聊,但当时……

我:冬季远足时你要收拾的第一件东西是什么?
苏茜:吃的?卫生纸?
我:是信心,要坚信你可以做到。
苏茜:还有雪裤。
我:穿合适的衣服确实很重要,但更重要的是保持清醒和镇定。
苏茜:嗯呢!

我（没看着她）：合成纤维和聚丙烯衣物是最好的选择，它们可以防水。

苏茜：噢，太好了！那我们哪怕一路沉到湖底也不怕被弄湿了。

我：湖面现在是结了冰的，我们要穿合成羊毛或者是美利奴羊毛制成的长内，还要穿细绒衬衫，至于派克大衣、帽子和手套我们都已经有了，我们需要远足靴，当然，必须得防水绝缘的，而且还要大到即便穿两双厚袜子也能穿得下，我们各自还需带多一双的袜子，还可能要带多一双手套和太阳眼镜。

试靴子折腾了一会儿时间，但除此之外，一切都进行得很顺利，我们买了食物、水、小帐篷、手电筒、指南针、小急救箱和两个羽绒睡袋。我可以看得出那个店员对我广博的知识，佩服得五体投地。

他只是点点头，将所有东西都堆在收音机旁边。

我：我们还需要背包，但这里的太贵了。

苏茜：或许我们应该买个雪橇。

冥冥中，买雪橇这个主意好像就是命运的安排，这让整个计划变得更快乐。

我：好呀，那就买一个雪橇！麻烦给我拿一个雪橇，一个行李袋，还要一条绳子。

霍布斯：我想要条围巾，要红色的！

除红围巾之外，我们买齐了所有装备，在更衣室换了衣服。

霍布斯在那店里走来走去，我可以听到他在嗅店里任何看起来像食物的东西，一副饥饿难耐的样子。当我尝试透过更衣室偷瞄他时，他正藏在一架子的绒衣后面；当我走出更衣室时，他正躲在一堆铁锅展品的后面，很快他又藏到了我的身后。

霍布斯：如果你是一只老虎，你需要的东西都已经是自带的了，但如果你是我朋友，你就会给我买条红围巾。当我们离开商店时，我一直在等苏茜跟我说她只是开玩笑的，不是真的想跟我去或者是她直接消失（因为我还不确定她是不是幻影）。然而，她却帮我把一大堆东西装上出租车。

我：你不是真的想来吧？

苏茜：你刚刚都买了这些装备给我了，我还会不去？

我：你可以退掉啊！听着，如果我没回家，你得告诉我妈妈我葬身湖底了。

她没理我，上了出租车。霍布斯和我也上了车，我狠狠地甩上门。

我：麻烦去皮利角公园。

出租车司机：不好意思，你说去哪儿？

我：皮利角公园，皮利角公园。

出租车司机：好的。

然后他开始行驶。

我：苏茜，别这样好吗？

苏茜：你不去我才不去。

她的话语中夹杂着一丝悲伤，一丝害怕，她这个样子让我也感到悲伤和害怕，然后进一步演变为抓狂。

我：听着！我就是要这么做！我没问过你要不要来，而且我也不想你来，你为什么还要来？

苏茜：因为你需要我。

我：不，我不需要。

苏茜：我要确保你可以活着回去学校，成为一个神经系统科学学家，过上好日子。

我：你怎么说得好像你很在乎的样子？

她似乎把它当作一个严肃诚实的问题，而不是一种讽刺挖苦。

我：你一直都认为我很奇怪，去年你把我这个朋友抛弃了。

苏茜：没错，你一直都很奇怪，而且现在更奇怪。

霍布斯：你得夸奖她——她一直都很聪明。

苏茜：你得回到学校并且勇敢地面对一切，你得吃药——

我：呵……你说得轻松，你不知道一个人吃了那些药之后会发生什么，要我告诉你吗？

苏茜：不必了，我们没好到那种地步。听着，如果你回到学校，我答应你，我会在一旁支持你。现在我们可以就这样忘掉这整个会让比尔·沃特森印象深刻的计划了吗？

我：苏茜，我必须得去做。

苏茜：你真的认为，当你去到湖的另一边的时候比尔会在岸边等着你？

我：没错。

苏茜：……

我：好吧，他可能会在。

苏茜：如果他没有出现你不要悲伤。

我：我不会的。

苏茜：……

我：好吧，我承认，我会悲伤。

苏茜：我就知道。

剩下的路，我们都坐在车上一言不发，被霍布斯挤着，我挨得苏茜很近，我一直盯着她看，希望她随时会消失，但如果她真的是幻影的话，那也持续得太久了。

霍布斯：我猜她是喜欢你的，我可以教你怎么接吻，我可是这方面的专家哦。

我：滚一边去。

霍布斯：可以通过接吻品尝到人们的味道，而又不至于吃掉他们。

我：别跟我说话。

出租车司机：今天去游湖有点儿奇怪哦。

我：有点儿吧。

出租车司机：你一定装备了很多东西去那里。

我：有点儿吧。

出租车司机：今天外面好冷哦。

我：当然冷。

当你接近湖的时候，你总能看得出来快到了，天空沿着湖变得开阔。在看到湖之前，你就可以看到湖的天空。

剩下的路司机很安静，直到我们把车开进公园，我们下了车，司机帮忙卸下我们的行李。

停车费花了十二点一美元，出租车的里程费用花了四十美元。

出租车司机：呃，你要我晚点回来接你吗？

我：不用了。

出租车司机看了看我，看了看雪橇，又看了看湖，然后目光回到我身上。

出租车司机：你不是想……

我：有点儿吧。

那司机盯着我看了一秒。

出租车司机：要是你想步行穿过湖面的话，那你一定是疯了。

我：没错，我是疯了。

出租车司机：你父母知道吗？

我：希望这些小费能让你守口如瓶。

我把钱拿了出来，他一把抓了过去，他跳上出租车，很快地把车开走了。

我：如果你是个出租车司机的话，什么样的人你都遇得到。

霍布斯：你该多给他点小费的。

比尔，起初我想从西南往南走，沿途穿过皮利岛，也可能是凯利斯岛，最终到达桑达斯基市。如果遇到麻烦的话，我们还可以在杉点游乐园求帮助，那是最近的一条路，但是我不确定应该不应该麻烦你开车去桑达斯基市，所以我觉得向南和东南方向走，最终达到克利夫兰市，看看市中心的高楼大厦，两天内你就应该可以和我们见面一起吃早餐。全程八十七公里，人类行走的自然步速是每小时五公里，这就意味着我们要走超过十七个小时，理论上来说，目前一切看来都非常可行，而你将会拿着一本关于卡尔文的新漫画出现，并且画中没有霍布斯，这将会证明所有在我身上发生的坏事儿，只不过是个笑话，明天将会是一个全新的冒险！

计划就是这样的，糟糕的是，结果并非如我所愿。

2

我们一边吃午饭一边眺望湖面,寒风将湖岸和开阔冰面之间正成形的冰,吹成尖锐的、棱角分明的山脊状和块状,积雪是白色的,天空是白色的,太阳是白色的,苏茜的脸也是白色的。

我:现在是十二点二十分,如果接下来的六小时我们以每小时五公里的速度行进的话,我们会在后天早餐前精神饱满地到达美国。

苏茜(轻声地):比尔根本不知道你在做这些事儿。

我:才不是呢,他知道的,我给他的出版商发了封电子邮件,他们会把我的邮件转发给他的。此外我还寄了一封信给《实话报》的编辑,如果报社将我的信刊登在报纸的来信专栏,或者将它写成一篇头版文章的话,比尔就可以读到我的整个计划了。

苏茜:或许他此刻正在画漫画,所以你不用做这些事情了。

我:比尔不是很关照卡尔文,每天放学后,他都让霍布斯将卡尔文摔倒在地。

霍布斯:他让卡尔文骑着小推车,带我坐在后面。

我：他让卡尔文在冬天时和霍布斯一起滑下那座陡峭的小山。

霍布斯：他让卡尔文从二楼卧室的窗户跳下去，还让他被自己的食物攻击。

我：他让卡尔文与一只老虎独处。

苏茜：是的，我猜比尔不会突然出现然后说："嘿，别这么做！"她转向我。

苏茜：他不会救你的，我才是要救你的人，并且告诉你这是有史以来最疯狂的想法，而这想法恰好证明你病了。

我：这是个创意十足的想法，我是创意十足的人，医生说许多创意天才都有这毛病，我曾在某处读到过约翰·列侬①在起居室看见上帝。

苏茜：可他是约翰·列侬好吧，他看到的还真有可能是上帝。

我：没错。

我又望了一眼湖，现在我看到了它不同于刚刚的白色，有漂移的阴影下显现的蓝冰白和薰衣草白，还有各种各样的白色，我看着苏茜，她也看着我。

她不可能是真实的，没有人可以如此美丽动人。

---

① 约翰·温斯顿·列侬，生于1940年。出生于英国利物浦，英国摇滚乐队"披头士"成员，摇滚音乐家，诗人，社会活动家。

我抬头仰望天空。

我：好吧，宇宙，给你个机会阻止我，给我一点儿预兆吧！我就放弃计划了！

宇宙：……

我站在那儿，比尔，我不知怎么的感觉自己很强大，好像又可以控制住自己了，好像那个湖就是为了这一刻，为了给我横跨过去而存在的，我收拾好行李袋的东西，用绳子将行李袋和帐篷绑在雪橇上。

苏茜：我害怕。

我：不怕，这儿太美了。

苏茜：这里空荡荡的。

我踩在冰上，我不想她来，但又想她来，我抬起雪橇把手，向后看了看，苏茜低着头盯着她的脚，好像在纳闷它们为什么不会动。

我：苏茜，你在湖的那边等我吧，好吗？万一我迟到一点点你就和比尔说说话。

苏茜：没有我你不可能成功的，你知道为什么必须把瓶装水倒过来储存吗？

我：为什么？

苏茜：因为瓶子里的水是从上到下结冰的，这样储存的话，如果瓶装水结了点冰，我们还可以喝到水。

我没有告诉她其实我早就知道了。

苏茜：你需要我。

我无话可说了，比尔，我知道她会来的，我觉得我可以照顾好她的，我就是这么疯狂。

我转身朝湖走去，苏茜在我的左边，霍布斯就在我的右后方。

我（对着苏茜）：好吧。要死就一起死吧！

苏茜：要死你先死！

霍布斯：我已经死了！被冼死的。

我：育空河[①]！我们来啦！

于是我们就出发了。

当寒风刮进门窗缝隙时，它只会发出哀鸣声、口哨声和哭声。当寒风扫过大树和房子时，它只会发出砰砰声和呼啸声，但在一个空旷的湖上，这只是一种力量，一只巨大又柔软的手无声地、平稳地推着你、压着你，很快你就意识到，那风不是在你周围打转，也不是在你头顶掠过，它是穿过你整个人，是穿透一个电磁场，这电磁场让你错觉自己是固体，它直接鞭打在你身上，像抽打陀螺一样旋转你的原

---

① 育空河：北美洲主要河流之一，流经加拿大的育空地区中部和阿拉斯加中部。

美国作家杰克·伦敦在他关于北方淘金小说中，称育空河为"母亲河"，那里孕育着独特的北美文明，白人与印第安人曾在淘金热的大背景下共同谱写生命的高歌。

子，并让你的原子晕头转向，冰冻结霜，终生难忘。

我：卡尔文喜欢雪。

苏茜：那你应该超级开心，因为我从来没见过那么多的雪。

我（指着）：我们要做的就是从那条路，走到克利夫兰市。

苏茜：比尔·沃特森会憎恨你做出这样的事儿的，他会认为你发神经，会认为你让他再出一本卡尔文的漫画，阻止了他在生活中尝试新的事情。

我：我只是要他出一本而已，就一本，十七岁的卡尔文在漫画中拥有一个健康的头脑，再说了，你对又比尔·沃特森了解多少？

苏茜：和你一样多！

我：没有人像我那样了解卡尔文。

苏茜：你这样说也太自大了。

我：好吧，我问你，比尔什么时候出生的？

苏茜：一九五八年七月五日。

我：怎么……你是怎么……

苏茜：你就这点能耐？

我：他弟弟的名字叫什么？

苏茜：托马斯，他爸爸叫詹姆斯，妈妈叫凯瑟琳，妻子叫梅丽莎，猫咪叫小精灵，不过已经死了。

我：他差一点给卡尔文取了什么名字。

苏茜：马文。

我：……

苏茜（咧嘴而笑）：……

我：这些全部都是我告诉你的。

虽然我都不记得我告诉过她,但我还是那么说。

苏茜：没错,是你告诉我的,而且我记住了。

    比尔,我无法相信真正的苏茜会记住所有关于你的事情,我没有告诉她此时我已有证据证明她只是一个幻影,但我想,幻影也总比没人陪强吧。

    我们走了很长一段时间,轮流拉雪橇,盯紧着指南针,但我看了看表后发现,才刚过了半小时,我发誓在一小时之内我不会再看表。

    白茫茫,空荡荡……白茫茫,空荡荡……我的靴子对我说了一遍又一遍,我感觉只是在原地踏步——地平线没变化,白雪没变化,连我靴子发出的声音都没变化:白茫茫,空荡荡……白茫茫,空荡荡……苏茜拉着一张闷闷不乐的脸边走边跺脚,好像她在生这个湖的气,巴不得这一切尽快结束。

我又看了一下表,只比上次看表多过了二十分钟,才二十分钟?我的肺对那么洁净的空气还真有点不适应,似乎都快要休克了。汽车尾气和工厂、熔炉的废气都去哪儿了?这里怎么没有烧化石燃料?怎么没用飞机喷洒农药?怎么没有杀虫剂和化肥粉尘?这简直是前寒武纪时期的空气。

我开始忘记看我的手表,忘记一切——噪声、色彩和温暖,我是谁,为什么我在这里,当我们要爬雪丘时,苏茜就会唉声叹气,然后我就会记起我是卡尔文,我得了精神分裂症,我由于没完成英语和生物课题作业,将要在十二年级挂科,我没有告诉我完美得体的父母,我将要步行穿过一个湖,此刻他们一定已经知道,他们的儿子已经从医院消失。

我们用聊天打发时间,至少我有在说话,说些重要的事情。

我:做一条在水底生活的鱼,是怎样的感觉呢?

苏茜:你为什么问这样的问题?

我:我的意思是,你会毕生都生活在寒冷与黑暗中,生在寒冷与黑暗中,活在寒冷与黑暗中,当你死了,你都不会到一个更冷更黑暗的地方了,这样你都不会知道你已经死了。

苏茜:那也算是个好处吧。

我：你知不知道，你可能是学校里唯一一个不会被我这个精神分裂病人吓到的人。

苏茜：你错了！我被你吓到了。

我：我知道为什么！我提醒你一下，现实只是人们一起玩的游戏，由他们的大脑决定，当他们的大脑对现实变得不确定时，他们会意识到他们对这个世界所知的一切只是自己编造出来的，那就意味着每个人都在自己虚构的世界独自徘徊，而现实只是我们一起创造的东西，好让我们感觉没那么孤单，当有人要退出这个游戏时，往往会吓到别人。

苏茜：是什么让你觉得，你知道人们在想什么？

我：因为大脑是很神奇的，他们会相互猜测。你好好想想，苏茜，大脑是你身体中唯一知道自身存在的器官，不是吗？不是吗？只有它知道啊！你的手，只会按照大脑的指令去做事情，你的胃，你的肺，你的心都是如此——你的大脑甚至都不用得到你的许可，它说：不要担心你的呼吸、消化、血液和诸如此类的东西，让我来为你做这些事情……你看，有什么比这个更可怕呢？大脑就是个怪兽，你的脚不知道自己的存在，你的胰腺也不知道，它们只是做好本分工作，要是大脑指令它们去死，它们就会去死。但大脑它说，试着把我搞懂啊，但你知道的全部都只是我告诉你的。你有在听我说话吗，苏茜？

大脑能够提出一些更深层次的问题,而你回答不出来。

苏茜:……

我:懂吗?

苏茜:我想在你说到某个点时,我就已经没跟上了。

我:我看到了一城镇!

苏茜:拜托,湖中央怎么可能有城镇,那是你的幻觉。

我:你说得对,不好意思。

苏茜:湖中央还真的有个城镇!

比尔,原来那是个冰上渔村,只是一群小方形棚屋坐落在冰面上——有的是移动厕所的大小,有的是大垃圾箱的大小,还有的是小木屋的大小。一间涂了油漆的棚屋看似一间犬舍,还有一间棚屋上面画着棕榈树和鲜花,还有一个跳着草裙舞的人,还有教堂棚屋和剧院棚屋,棚屋与棚屋之间还有机动雪橇碾压成的小路相连,村子虽小,但也算是"五脏俱全"。天气很凉爽,就像湖面会有惊喜一样。

一个男人从棚屋走了出来,停下来看了我们一眼,他带着一根钓竿，身高有六点五英尺①，大概接近三百磅②。

霍布斯：我饿了。

我：钓到什么了吗？

渔夫（一脸疑惑）：什么也没有，白白挨冻。

我：这地方真有意思。

渔夫：这里，安静，没人管你，你来钓鱼的？

我：哦，不是。

渔夫：你来这里不是钓鱼，那是干吗？

我：我们要徒步穿过这个湖。

渔夫：你们要穿过这个湖？疯了吧！

我：你说得对极了。

渔夫（抚须）：你们叫什么名字？

我：卡尔文和苏茜。

霍布斯：还有我叫霍布斯。

渔夫停止抚须。

渔夫：卡尔文和苏茜是吧？

他那种语气说出我们的名字，好像他不相信我们一样。

---

① 英尺：英制长度单位，一英尺约30.48厘米。
② 英美制重量单位，一磅约454克。

渔夫：你们决不能这么做。

我：我也是迫不得已。

苏茜：他必须得那么做。

我：但她大可不必，你能载她回到岸边吗？

苏茜：他管不了我。

渔夫：好吧，不好意思，但是我不得不通知有关部门。

我：手机在这里用不了。

渔夫：我有一台业余无线电机。

我：求求你别那样做，我正通过长途跋涉的寻找，来证明对我心中那道圣光的忠诚。

渔夫：你是宗教狂？

我：我说的是《卡尔文和霍布斯》这本漫画书的作者。

渔夫：……

我：就这样吧，我们要继续走了。

渔夫：你这样做是为了……比尔·沃特森？

我：没错。

苏茜：我们这样做，是为了提高人们对精神分裂症的认识。

我：我们这样做，是为了证明我们有多想沃特森先生再出一本卡尔文的漫画，他甚至可能正在湖的另一面等着我们咧。

渔夫：我爱他，他的每一本书我都有！

我：嗯嗯，我也是呢！

渔夫：当沃特森停笔后，我的感觉就像一个我爱的人去世了一样，其实我还为此哭过。

我：我能理解你的心情。

渔夫：你真的要这么做？

我点点头。

渔夫：好吧，那我就给你们上一节最短的课，教你们冰上行走时的注意事项，你们认真听，基于这里已经冰冻了一个月，现在湖面很可能是安全的，但是如果你看到圆木、树桩、岩石还有任何从冰中往外突的东西，你都要远离，这些东西白天会吸收太阳的热量，使得它们的周围就像是不牢固的护城河一般；如果冰面看起来是灰色的并且有卵石花纹，那就是腐冰，它在暴风雪中形成；所有被困的气泡都会带来坏消息；此外，你要是看到冰面上有水，你得注意，水比冰重，它造成的裂缝叫蜂巢，蜂巢冰是致命的；褪色的雪可能意味着它已经变成雪泥，要避开；如果你看到雪地是平坦的，但突然看到一个洼地，你也要避开；如果你看到一条笔直裂开的缝，别担心——它们可能已经全冻住了，但如果你看到两条或者更多的裂缝相交，那你就得避开；你都明白了吗？

我：明白了长官！

苏茜：明白了！圆木、灰色卵石纹冰、冰面上的水、褪色的雪、洼地，还有超过一条裂缝的冰面。

渔夫：这个湖有点儿像个海洋，是从恐龙时期的海洋演变而来的，历经沧桑，它曾经吞噬了一些船，内战时期的一条拖船就沉在冰冷的湖水下面，一八四一年，蒸汽船伊利着火了，二百五十人丧命。人们说，有时还可以看到它在水面上燃烧，一九二三年，雪佛兰出了一款发动机，采用了铜散热片的小轿车，不必多言，这些散热片都是火灾隐患，所以通用公司（雪佛兰母公司）将这款汽车全部召回，总共四百九十八辆，并将它们沉入伊利湖底。当然，还有一些沉入湖底的人，它也不想这样，这个湖，它看起来美丽动人，但人们忘了它有一种不容小觑的力量，它是大海，并且它并不喜欢任何人类垃圾，光这一点，它已经够痛苦了，不要让它再遭受更多的痛苦。

我（点点头）：……

苏茜（点点头）：……

渔夫：伊利湖也有怪兽——珍妮绿牙怪[①]，她可以从湖底看到冰面上的情况，还有伊利湖的黑狗怪，它出现在船上，船就会沉入湖底。

---

① 是英国民间传说中的人物。一个女河巫，她会把孩童或老人拉入水中溺死。通常被描述为拥有绿色皮肤，长发，以及锋利的牙齿。

当然,还少不了海怪南湾贝茜。

我听说过南湾贝茜,它是条四十英尺长的蛇,经常在伊利湖出没,连塞尼卡印第安人都知道它。

渔夫:现在我已经告诉你湖的情况了,你真的还要实施你的计划吗?

苏茜:……

我:没错。

他打开我们的行李袋,翻遍了我们的装备。

渔夫:看来该有的你们都有了。

他捋了捋胡子,若有所思地看着我们,然后将手插进外套的口袋。

渔夫:跟他说说我!我指的是,当你见到比尔·沃特森时,跟他说说我。

我:一定!

渔夫:告诉他我的名字——奥维尔·沃茨!

我:奥维尔·沃茨!

奥维尔:等等!

他滑回他的棚屋,拿了个袋子出来。

奥维尔:曲奇饼,给你。

霍布斯：曲奇饼！

奥维尔·沃茨把曲奇饼放进我的行李袋。

我：谢谢！不过我还想问问，你不会打电话给有关部门吧？

奥维尔：不会的，我现在明白了，接着走吧，小伙子！

苏茜和我拉着雪橇继续走。我回头看了一次，但奥维尔已经不见了。

跋涉，跋涉……这就是靴子的语言，它们现在只说一个词——跋涉，跋涉——但靴子也可能有复杂的诗歌，只是这些诗歌只能用它们的橡胶舌头念出来，只有它们的橡胶耳朵才能听到。

苏茜：嘿，这真刺激。

跋涉，跋涉……

苏茜：是的，每个人都将对这件事儿印象超级深刻。

跋涉，跋涉……

苏茜：嗯，我来到这个光秃秃的，无聊的，结冰的湖上……我：这次旅程也不用说要刺激，但是必须是"朝圣"之旅，这才是比尔在乎的。

她停了下来，但她仍然有点激动，她弯下腰捡起一团雪扔向我。

噗！正好砸在我脸上，她一向很准，霍布斯大笑。

我开始捏雪球，她赶紧跑掉了。

我（追着她）：比尔会理解的，我是卡尔文，不记得了吗？我可是经常做他不喜欢或者不同意的事儿。

霍布斯：人类愚蠢的化身。

苏茜向我转过来，我把雪球扔向她，但没中。

苏茜：卡尔文，你好好想想，要是比尔对你这次朝拜有那么一丁点儿在乎的话，你想想该有多少疯子也像你这么做！

我们四目对视，笑了起来，直到我们笑累了坐了下来。

当苏茜笑的时候，她的面容变了，变得非常温柔，非常放松，在她笑停了之后，这样的面容保持了一会儿。

苏茜：我很久没这样笑过了，快有……

我：一年？

她皱了皱眉头，站了起来。

苏茜：我们得出发了。

我们花的时间要比我原本预想的多，当你在雪地上行走，并且周围还那么多冰块和冰脊的时候，速度会变得更慢，四周围荒无人烟，那种感觉真好，现在快到四点了，太阳已经落下地平线，白色的天空中似乎有个白色的洞，阳光不再刺眼，这太阳看起来好像一个鬼魂，好像所有的热量都烧尽，你可以直视它，还有两小时就要天黑了，我们得加快步伐了。

除了自己的呼吸声和靴子声，我什么也听不到，而苏茜的靴子声好像只是我靴子声的回声，那雪橇让人感觉像装满了铅那样重，我可以听到霍布斯的鼾声，所以我想他肯定坐在雪橇上。

宇航员斯毕夫已经和宇宙飞船失联，一直在飘……飘……飘到真空，地球变得越来越小，直到它看似一个蓝色的篮球，像是个蓝色的棒球，然后是一个蓝色的弹珠，他一直盯着，盯着，直到它变成一个蓝点，他的头发已经掉光了，他的肉体已经死了，但奇怪的是，他在真空中并没有腐烂。

一天，一个外星人清洁工将斯毕夫捡了起来，斯毕夫的眼球睁得很大，还充满了闪闪的蓝色原子——

苏茜停了下来。

有那么一会儿，我都忘了如何停下脚步，过了一会儿才想起来。

苏茜：你听！她凝视着天空，像一个失明的人一样凝视着——用她整个身体在听而不是在看。

我：听什么？

苏茜：你听到什么？

我：我的呼吸声。

苏茜：不是，卡尔文吗，你听！仔细听。

于是我就认真听着……

如果你一辈子都在那些日常之音中生活的话，你甚至都不再听得出这些声音，你听不到汽车、卡车、火车、飞机、冰箱、空调、火炉的噪声；你也感觉不到收音机和电视声波从你耳朵穿过；你听不到电话铃声、兽嚎鸟鸣、地板的吱吱声和开门声；六十亿人的谈话声、笑声、哭声；还有十多亿奶牛的哞叫声、一百九十亿只鸡的咯咯声和一百万种昆虫的嗡嗡声，并且你不会意识到，这一切都组成了日常生活之音。

但日常生活是不会出现在湖的中央的。

我：没什么声音啊。

苏茜早闭上了双眼，她没有回答我。

我的耳朵开始竖起来，竭尽全力地去听，好像它们就是需要听到一些东西，任何东西都好，又好像小耳膜需要一些东西，去敲打它邦戈鼓一样的膜，过了很长一段时间，我真的听到了。

我：这是行星在太空中以每小时十万公里的速度飞驰时发出的声音。

苏茜：只是一辆卡车的声音好吧！

我：哈？

苏茜：听起来像是一辆卡车。

霍布斯：在太空中旋转的行星听起来像卡车？

苏茜（转过身）：卡尔文——

我们都转过身。

来了一辆卡车，灰色的卡车，正朝我们开来。

我：真是一辆卡车！

苏茜：……

我：在湖面上——在湖面上开着！

苏茜：……

我：告诉我你也看到了。

苏茜：我是看到了。

卡车放慢了速度，在我们旁边停了下来，它没有车门或车顶，但它确实是辆卡车。

一个戴着花格护耳帽的男人向我们点了点头，好像他经常可以遇到在湖面行走的人一样。

花格帽男人：你看见弗雷德了吗？

我：……

苏茜：我们……我们不知道谁是弗雷德。

花格帽男人：好，谢谢。

我：你的卡车没有车门和车顶不冷吗？

花格帽男人：我们把门和顶拆了，如果冰破裂了，我们可以跳车。

我：噢，原来如此。

苏茜：盯着脚下的冰面。

然后花格帽男人把车开走了。

我：好吧，一辆卡车在冰面上向我们驶来，要找弗雷德，有时世界比我们更疯狂。

苏茜（目不转睛地看着卡车离开）：像这样的事儿只在我和你一起时才发生。

她疑惑地看着冰面，开始出发。

你知道吗？如果你长时间盯着云朵，你就会看到各种各样的形状，雪也一样，你看到的不仅是雪，它有质地、颜色和形状，像丝绸、像婚纱的雪、像水泥板的雪，这个湖就像一个废弃冰雪宫殿的建筑工地，像松脆饼干屑的雪，被吹起来在空中弥漫，还有细如沙漠沙丘的雪。

比尔，或许人也是一样的，如果你和他们待在一起的时间够长，或者想念他们足够多的话，你也会看到他们的方方面面。

我现在就是这样,在苏茜旁边走了一个又一个小时,湖面上,她既坚强又勇敢,和她一起长大的我把她视为理所当然了,她只是个孩子,只要我想找人玩或者找个人骚扰一下的时候,她都会在,但是现在,她像是一个女人,一个和我一起做这件事儿的坚强女人。

苏茜:你觉得我们走多远了?

我知道我们的速度没达到一小时五公里,我甚至担心连四公里都没达到。

我:我相信很快会有一个标志告诉我们走了多远。

苏茜:聪明。

我:我将大脑奉献给众神。

苏茜:是什么让你觉得,众神想要你的大脑呢?

我:是什么让你觉得,我想要我的大脑呢?

人形火炉卡尔文,在执行穿越北极湖的任务,向前推进,人形火炉和他的伙伴是在寒冷的不毛之地中的两个小热点,他们一起跋涉,在黑暗的命运中结伴而行,一同分享成功的荣耀或承担失败的可耻。

我:跋涉,跋涉。

我:跋涉,跋涉。

我：跋涉，跋涉。

苏茜：你要把我逼疯了。

我：欢迎你也来到，我的世界。

苏茜：我知道我们在跋涉，但我不需要你的旁白。

我们在跋涉，但"跋涉"这个词我一次都没说过，苏茜接管了指南针，因为我老是忘记看它。

霍布斯：我知道你为什么这么做，你是故意这么做的，因为你知道我是丛林动物，我不喜欢寒冷，你想我冷死。

我：那会是个额外的奖励。

霍布斯：你为什么想把我甩开？我是你的朋友呀。

我：你确定你是我朋友？

霍布斯：我从来没吃过你，这难道不能证明我们永恒的友谊吗？我来这里是为了保护你，是为了确保你不要放弃改变世界的梦想。

我：你不是在保护我，你是我要防范的对象。

霍布斯：我可以帮你追苏茜，我对追女孩很有一套。

我：我们在远足，不是在约会。

苏茜：你说得很对，其他男孩儿都会带我去看电影。

我：你可要记住，我没有邀请你来这个约会呀。

苏茜：你这样说还真的是又礼貌又体贴啊（讽刺）！

我：但我很高兴你来了。

她停了下来。

苏茜：真的吗？你承认？

我：对着你凭空想象出来的人，承认事情很简单呀。

她哈哈大笑，那是个不好的信号，要是真苏茜，她早就用拳头捶我的胳膊了。

苏茜（皱起眉头，低着头）：卡尔文，对不起。

我：你确实应该说对不起，但你这样说是为了？

苏茜：因为我抛弃了你去和别人玩。

我：噢，因为这事儿。

苏茜：结果他们都很没趣儿。

我：甚至那些和你约会的男孩也是？

苏茜：尤其是他们。

我：而我不会？我不会没趣儿？

苏茜：你不会，有时我倒希望你可以没趣儿一点。

霍布斯：你很没趣儿，一直要我消失，你什么时候变得那么没趣儿？

我（对着霍布斯）：我不能一辈子都只是玩儿，人需要成长，要想在成人的世界立足，这是很重要的。

霍布斯：成人的世界被大大地高估了。

我：但这是我知道的唯一一个超过一定年龄的人的世界。

霍布斯：我们可以拥有自己的世界。

我：比尔·沃特森就是在成人世界，我……

霍布斯：比尔就是个傻帽，同样也是被高估了，你为什么一直在谈论他，就好像他是已知宇宙的创造者一样？

我：嘿！要不是他你就不会存在好吧！

霍布斯：夏日的早晨醒来，除了出去坐在树下，什么也不用想，那种感觉你还记得吗？你忘了，我打赌比尔也忘了，你将会有一部iPhone而不是一颗心，脉冲信号会告诉你，那一天的那一分钟该做什么，不是你的大脑告诉你，你永远不会再坐进树屋里，也不会再建雪堡，相反，你只会用耙子耙，用铲子铲人行道，但你并不应该是那样的，老伙计……

我：苏茜——

苏茜：噢，你现在在和我说话？拜托，别让我打断你们精彩绝伦的对话——

我：你知道你大脑里的默认网络，是什么吗？

苏茜：嗯，我知道什么是默认网络。

我：你真知道？

苏茜：当然不知道啊！我是个正常人啊！正常人不知道这些关于他们大脑的东西。

我：默认的网络包括三个主要区域：内侧前额叶皮层、后扣带皮层和顶叶皮层。

苏茜：听起来像是女士紧身衣的面料。

我：我们大脑的这些部分互相交流，就像社交网络一样，内侧前额叶帮助我们把自己想象成个体，也能想象他人的想法和感受，动物在这方面有困难——这是人类和动物的区别所在。

霍布斯：嘿！

苏茜：你能想象我现在的想法和感受吗？

我（没看着她）：大脑所有的区域都给了你这样的感觉，就像你是电影中的明星一样，但是患有精神分裂症的人，他们的内侧前额叶会出现罢工——失灵了，我们是可以思考，但是我们不知道思想从何而来。因此，就好像有人将思想放进我们的脑子，或是有人正在读我们的脑子。

苏茜：你太奇葩了。

她突然停下里，坐在雪橇上。

苏茜：我得坐坐。

我坐在她旁边，我把手伸进行李袋里，拿出两个格兰诺拉燕麦棒，我们拆掉包装纸，慢慢地吃，我往身后扔了一块给霍布斯。

苏茜：你在搞什么？

我：在喂霍布斯。

苏茜：那是浪费食物。

霍布斯：那取决于你怎么看了。

苏茜正凝视着湖面。

我：你还好吧？

苏茜：它很美，真的很美，不觉得吗？

我（跺着冰面）：什么？这老东西美？

她没笑。

苏茜：这里空旷无垠，我敢打赌，我们是唯一走了这么远的人，每年冬天，这个湖都是如此美丽和奇特，但没有人知道它，也没有人在意它，它仍然保持着自己的美丽，仅仅是因为……

有时你很难搞懂苏茜，但她却一直保持着美丽和奇特，我看过她和学校的同学们一起，但她和他们一起时一点儿也不像现在这样，也从来没像现在这样袒露自己的情感，好像一碰就痛。

苏茜：难道这不会让你感觉很棒吗？世界的美是因为它本身，而不是其他的原因。似乎美有它自己的秘密和原因，它不需要人类的肉眼去注意，它只是想变得光荣辉煌和不可思议。

我：你就是个不可思议的人。

苏茜一直在掰她的燕麦棒，然后才把它吃掉，就好像她的手是她消化系统中，排在牙齿前面的一部分，一分钟后她看着我。

苏茜：你那样接话，不是在讽刺我吧？

我：当然不是。

苏茜：看来我们的情感，前进了一大进步。

我没说话，因为情感这个词在我脑海砰砰作响。

苏茜：卡尔文，你有没有想过生活的意义是什么？好吧，我知道你有想，你是我认识的人当中为数不多的，会停下来思考这个问题的人，对于我来说，我不知道生活的意义是什么，但是我觉得，可能这就是生活的魅力所在，生活让你为了自己而做出决定。我的意思是，如果不由我们决定的话，那生活就太糟糕了，不是吗？如果生活说，这就是你的意义所在，然后你就不去追寻自己的想法，不去寻找生命中的那道光芒了吗？

我：那么你有什么想法吗？

她点了点头。

苏茜：听起来有点奇怪，我很久以前就有了一个想法——你是我生活的意义之一。

我：你说的"你"指的是我吗？

苏茜（没理我）：我不知道那指的是什么，可能只是一些我可以感知却无法归类的事情，如果你成名了，也许我只是会把报纸上关于你的文章剪下来收藏在册子里，又或者如果你成为一个食不果腹的艺术家，我会匿名给你寄点。但是后来你生病了，我想也许这意味着我应该在你身边支持你，或者……或者以某种方式帮助你。

我们沉默不语了一会儿。

我：你说只有我们才看过眼前这番景象，我想你错了，沃特·利克在一九一二年的冬天步行穿过这个湖；吉恩·霍伊泽尔在一九六三年；还有戴夫·沃尔克在一九七八年也都曾穿越过，谁知道之后还有没有人穿越过。

苏茜：他们都活着走出这个湖吗？

我：勉强吧。

苏茜：勉强活下来总比死了强。

我们吃完燕麦棒就继续前进。

比尔，我感觉我可以走到月球上，我和一个女孩儿一起徒步旅行，她在广阔的、空旷的、阴森的、冰冷的湖上可以看到一些美丽的东西，冰面下又黑又冷又神秘，但她所看到的只是它的美丽和神奇。

实际上,有一阵子我几乎忘了霍布斯的存在,但不久后它又出现。

霍布斯:谢谢。

我:谢我什么?

霍布斯:没什么。

我:搞什么鬼?

霍布斯:让我吃一口那燕麦棒怎样?别把我饿坏了呀!

3

天越来越黑,我正想提议搭起帐篷,我们就看到了好几辆汽车。

我放下了雪橇手柄。

我:这又是我的幻觉,我还在幻想。

苏茜:太壮观了!

我:你在看什么?

苏茜:车……有九辆小汽车和一辆卡车。

我:伊利湖的中央——一个不毛之地,有个停车场?

苏茜:没错,我确实看到了。

我:你看到有人吗?

她摇了摇头。

我:我也没看到。

我们都盯着车看,车也盯着我们看。

苏茜径直走向一部旧旧的通用汽车,拉了一下门把手,门很容易就开了。

她咧嘴笑了。

我走到车的另一边,坐到副驾驶位上。

苏茜:这辆车是我的,你自己去找一辆。

我检查了几辆生锈破旧的汽车,然后我看见一辆相当破烂的旧款野马车,后座都被撕掉了。

我吹着口哨钻进驾驶座。

过了一会儿,苏茜也钻进了野马车坐在我身旁。

我:嘿,我以为你要坐那辆你自己的车呢。

苏茜:我只是去看看那辆车而已。

我紧握方向盘,盯着挡风玻璃,嘴咧得跟荷花似的,苏茜也咧咧嘴笑了。

我:小苏,你相信上帝吗?

苏茜:上帝赐予我们免费的车子,确实更容易让我信他了。

我:是呀,而且上帝还赐予你车钥匙,你哪能不信他呢?

苏茜:什么?

我转动点火开关,它嘎嘎响了半天后终于启动了。

我开得很快,她一边尖叫一边笑,我就将油门踩到底,摆尾飞驰,在冰面上画了个圈回到原点,然后又飞驰了几分钟直到车子耗尽了原本残留的那一丁点儿的汽油。

苏茜：这个湖真奇怪。

我：是呀，但这种奇怪是往好的方向的，对吗？

她咧嘴笑了。

我：呜，呜……呜呜（模仿汽车声）

苏茜：（倒吸气）

我：什么？

苏茜（小声嘀咕）：我知道他们为什么把车子留在这了，他们是把这些车子丢在这了。

我：好吧，可以肯定的是，他们不是在转卖这些车。

苏茜：卡尔文——还记得奥维尔怎么说的吗？他们是怎么对待这个湖的？我敢打赌肯定是人们开车到这里，因为没人会看到他们把车子丢在冰上，这样车子就会在春天到来的时候沉到湖底。或许他们知道冰面上哪些地方是不够坚硬的，哪些地方的冰是会更早破裂的……下车！

我们下了野马车，我们得向北走才能取回我们的雪橇，然后我们又开始往南穿过湖面。

霍布斯：太浪费了。

我：他们本来可以将这些车子捐出去的。

苏茜：捐给穷人。

我：捐给贫穷的年轻人。

她环顾白茫茫空荡荡的湖。

苏茜：他们怎么可以这样对待我们的湖。

我：这成我们的湖了现在?

苏茜：它是我们的,因为这是众所周知的。

我：如果我们开车穿过湖,比尔不会感动的。

苏茜：就算你步行穿过这个湖,他也不会感动的。

她停了下来,回头看了一看,现在已经够黑的了,汽车在我们所处的地方看起来像幽灵一样。

苏茜：刚刚看到的车子,都是我们幻想的。

我：如果那真的是个幻想,也是个美好的幻想。

我不想把帐篷搭在离车子太近的地方,所以我们走得有点远。

我们绕过另一个雪丘,看到前方有一盏灯,像一个正方形的月亮一样飘浮在暮色中。

我：那是真的吗?

苏茜：和珍珠一样真。

这样说并不能让我确信。

那是一个岛,一个非常小的岛。

岛上有一间小屋。

炊烟袅袅地从烟囱里飘出,小屋内亮着炉火。

我本以为我们几分钟就可以到达那间小屋,但它比看上去要远。我们拿出了手电筒,二十分钟后,我们身后拖着雪橇翻过岛岸边的岩石。

一个很高大的男人开了门,除了嘴唇、上脸颊、眼睛还有他的前额,他的胡子几乎遮住了他整张脸,这些没被胡子遮住的部位,则被浓密的眉毛和卷曲的灰色头发所覆盖,他像是一只长着人类眼睛的大灰熊。

霍布斯:雪猿?

男人:我原以为我只是看到了东西。

我:我是有血有肉的。

男人:我原以为我看到的准是东西,因为两个小孩儿绝对不可能跑那么远,游荡到这个湖面,而且还是在大晚上的。

他听起来有点儿生气,他朝我们走了一步,走到用作前门台阶的木盒子上,苏茜和我往后退了退。

男人:我想,他们应该有一架雪橇,那两个人,当他们该向左转时他们却向右转了,我以为那两个人,他们要去山那边而不是湖,小子,你知道山和湖的区别吗?

我:我们……

男人（声音变大了）：然后我看到你们其中一个是男孩儿，另一个是女孩儿，但女孩儿是绝不该出现在这个湖中央的。

苏茜瞪着他。

男人：因此，我想那男孩儿应该为女孩儿出现在这个浩瀚的湖中央负责。

苏茜和我互相瞥了一眼，然后动身离开。

男人：进来啊！

我：谢谢先生，我们不进去了，我们还得赶路呢。

男人：那你待在外面，来吧，小女孩儿，我有火炉，并且我不像看起来那么吓人，进来吧，这所房子不是用糖果做的，我也不会把你塞进烤箱里。

苏茜（指着我）：我要和他一起。

男人：那好吧，你们两个都进来取取暖，我的名字叫诺亚。

我（兴高采烈）：我叫卡尔文，她叫苏茜。

苏茜：卡尔文没告诉我这里有什么岛。

诺亚：这是个暗礁，不在地图上。

我们慢慢地穿过小屋的门，诺亚指了指在一张小木桌上的两张凳子。

诺亚：把你们的外套放这儿吧。

霍布斯：会有热巧克力和棉花糖吗？

火炉是种美妙的东西。我几乎愿意被扔进火里，如果这就是他想对我这样做的话。小屋里的情景：一张床上堆满了被子；一个衣帽架上挂着各种各样破烂的大衣；一个敞开的行李袋，里面装满了书；一些架子上放着几个罐头；一张小圆桌上面堆满了文件和铅笔；两张老木椅；一张挂在橡子上的凳子；各种各样的箱子；还有一扇通向另一个房间的门——可能是个厕所。

我们脱掉了大衣、手套、靴子和袜子，把我们的痛脚伸到火炉旁，霍布斯紧挨着火炉伸展开身子，但仍然是在我的视线范围之外。

诺亚：我想你俩来这儿总该有个缘由吧。

苏茜：我们要穿过这个湖。

她指向那扇通往厕所的门。

苏茜：我可以用吗？

诺亚：当然可以，但它很简陋。

她一关上门，他就紧紧地盯着我看。

诺亚：步行穿过湖面，是那些经验丰富的徒步旅行者才会做的事情，而且得在他们研究了地图、水深图和天气预报之后，并且即使他们做了研究之后，他们也不会选择步行穿过湖面。

我：我知道它的南边离俄亥俄海岸有多远，我也知道这个湖是五大湖中最浅的,但水仍足以让人淹死,我还知道外面很冷。

诺亚（没看着我,对着火说）：还带着一个女孩来到这儿,你的情况比白痴更糟糕啊。

我：我知道。

诺亚站了起来,打开了一扇后门,回来时带了一大块木头和一块面包。他把木头扔进了柴炉的肚子里,把面包放在上面加热。

诺亚：你身上肯定有什么故事,你为什么要穿过这个湖？你最好跟我说,否则我会通知湖岸警卫队的,不信你试试。

我：这是我的"朝圣"之旅。

诺亚：而你不想一个人去朝圣对吧。

我：她……是她自己想来的……

他看着我,就像我是一只又大又恶心的臭虫。

苏茜走了出来,坐在我旁边。

诺亚瞪着我。

我：诺亚,你住在这儿？全年都是？

他没理我。

苏茜：是吗？

诺亚：我会在淡季时来这儿,在冰上钓钓鱼,写写诗。

我：写诗？

诺亚（对着空气）：我在和这小姑娘说话。

他看起来不像个诗人，和我以前看到的诗人比一点儿都不像。

苏茜：你独自一人在这儿，家里就没有人在乎吗？

诺亚：我老婆在乎，在乎过，她正要和我离婚。

苏茜：对不起，触碰到你伤心事了。

诺亚把他的胳膊挡在鼻子上，然后我意识到他开始哭了，他的面部毛发像海绵一样吸干了泪水。

诺亚：她说如果我想明白了，她会带我回去。

苏茜：想明白什么？

诺亚：她说我独自一个人在这里有足够的时间，她相信我会想明白，这就好像她给了我一个谜底去揭开，但我只是坐在这里思考了好几小时，却从未想出来。

苏茜伤心地摇了摇头。

诺亚：她能让我想到的，就是我为了写诗，将所有的时间都花在挖掘自己的内心上，但我却没有考虑过她的内心，她对我说，我们之间无须矫情、滥用比喻！

面包旁边的炉子上放了个脏兮兮的煎锅，还放了一个水壶，他打开一大罐豆子倒进锅里。

诺亚：你要知道，她就是我的缪斯女神，给我创作的灵感，如果我失去她，我就失去了我诗歌的源泉。

苏茜：或许她只是想你陪着她，而不是待在这里。

他耸了耸肩。

诺亚：我无法全年都生活在文明社会中，也不能带一个女人来这里。

他瞪着我，眉毛几乎遮住了他的眼睛。

诺亚：不像某人，你呢，小姑娘？你有什么故事？

苏茜对他解释了一切，我们从小到大是怎么认识彼此的；我是怎么跟一只看不见的老虎说话的；又是怎么被诊断为精神分裂症的；还有我是如何坚信，如果比尔·沃特森再出一本漫画，并且画中的卡尔文是健健康康，没有霍布斯，我会好起来；苏茜还告诉他，我是怎么知道我必须像"朝圣"一样走向比尔，而不能是一个普通的行走，必须得轰轰烈烈；我又是怎么想出了这个愚蠢计划，还有她是怎么不让我一个人去执行计划的，因为我什么都说不出来。

她叽叽喳喳地谈论我，好像我没坐在那儿一样，而他也听得津津有味，也好像当我没坐在那儿一样。

当她说完时，他沉默了一会儿，然后把大部分的豆子舀进一个大碗里，给了我们两勺，他给自己撕了一大块面包，把剩下的给了我们，我太饿了，开口大吃，他则直接在锅上吃豆子。

我从来没吃过比这豆子和面包更好吃的东西了,从来没有。

我:谢谢。

他没理我。

苏茜:是呀,谢谢啦。

诺亚:不客气。

我们安安静静地吃了一会儿,这里安静得可以听到柴火的噼啪声和外面的风声,诺亚看着这些豆子,仿佛他把生命的意义,寄存在他的这些小豆心里,他把锅放回炉子上。

霍布斯:如果你不让我吃他的话,我能吃点豆子吗?

我:不行,要吃就吃我的面包吧。

我扔了一块面包到我身后,然后抬头看到诺亚和苏茜盯着我看。

诺亚(对着苏茜):精神分裂症,对吧?你听说过马克斯·普朗克①吗?

苏茜摇摇头,她吃得满嘴都是。

我:呃——他是搞量子理论的对吧?

诺亚:老马克斯说,不管我们如何看待,整个宇宙的物质都是由原子粒子组成的,粒子以某种方式振动,使之看起来像东西,或让人

---

① 马克斯·普朗克,(1858-1947)德国著名物理学家、量子力学的重要创始人之一,与爱因斯坦并称为二十世纪最重要的两大物理学家,1910年获得诺贝尔物理学奖。

感觉起来像东西。

苏茜和我一直在吃豆子和面包,就像在吃神仙吃的食物一样停不下来。

诺亚:所以其他人接受这个事实,并算出世界是以七赫兹的频率振动的,这个世界和里面的一切,猫、球、书、勺子、锤子、大山所有这些,包括人类的大脑,都是七赫兹,这是个七赫兹的世界,所以全世界与整个宇宙步调一致都以七赫兹频率振动,但现在却有这么一个以十赫兹频率振动的人。

我:十赫兹?

诺亚:……

苏茜:十赫兹?

诺亚:没错,十赫兹,那就是精神分裂症患者的大脑振动的频率——十赫兹,最起码有些人是这么说的。有人说,你在访问其他时间、空间、维度或者世界,你看到的就是十赫兹维度下的东西,并且它和七赫兹的世界一样真实。

他又拿起他的豆子,我和苏茜盯着他,好像他刚开始用十赫兹的语言说话。

这个家伙很聪明,他难住我了,我突然希望他可以支持我。

他看着苏茜。

诺亚:这当然不意味着你的世界要跟着他的转。

苏茜:每当他的世界和我的世界发生冲突时,他会听我的,这是我们的规定。

霍布斯:你认为在我们世界中的老虎,可以吃掉一个在他世界中的诗人吗?

我:在我的世界,我们不谈这个话题,霍布斯。

诺亚(对着苏茜):他真的又在和霍布斯说话吗?

她点了点头。

炉子里的火噼噼啪啪地响。

诺亚的话让我想起了一次对你的采访,比尔,你说霍布斯并不是一个当和卡尔文一起时就可以奇迹般拥有生命的洋娃娃,你也不认为他是卡尔文的想象朋友,你说卡尔文有他自己版本的世界,其他人也有他们的世界,两种世界都说得通。

卡尔文,他思,故他在。

万物理论存在于他的意识经验中——新维度世界的东西,围绕着他就像是飘落的华丽金属箔片,又像是飘下的气泡,一直往下,落到他身上然后破裂。

诺亚（放下他的锅）：这个……比尔·沃特森，我见过他一次。

苏茜和我猛地抬头看向他，但他正撩着火堆。

我：得了吧，你肯定没见过。

诺亚：……

苏茜：真的吗？

诺亚：他是个不错的人，他比较寡言少语，但意志坚定，长得就不咋地了。

他从架子上拿了些速溶咖啡。

诺亚：一年冬天，他和一个我们都认识的朋友，一起来到我岛上冰钓。

我（对着苏茜）：问问他有没有证据。

苏茜：你有证据吗？

诺亚：他没有留下名片，如果你说的证据是指这个的话。

苏茜：那你让我们怎么相信你？

诺亚：谁让你相信我了？

苏茜把碗递给了我。

我坐在那里，嘴巴张开，但说不出什么聪明的话，我甚至不能舀多点豆子进嘴里。

我把碗放在地板上，我可以听到霍布斯在舔剩下的残渣。

苏茜：这……这对我们非常重要！

诺亚：小女孩儿，有些事情你是无法证明的，什么可以用来证明呢？如果我有他的签名就可以？签名我也可以是在其他地方买的。如果我有和他的合照就可以？你也可以说我是伪造的。正如我所说，有些事你是无法证明的，我可以告诉你关于他的事儿，我也可以不讲，随便你。

苏茜（点点头）：请你讲讲吧。

诺亚：好，他是个很友好的人，我们一起钓了不少鱼。

我们等着他往下说，他为自己冲了杯咖啡，用杯子对着苏茜示意，问她是否想喝点儿。

她摇了摇头。

我：然后呢？

诺亚像对待孩子一样，小心翼翼地看着火炉。

苏茜：他说了什么关于卡尔文的事儿吗？

霍布斯：他说了什么关于霍布斯的事儿吗？

诺亚：当然，也说了一点儿，我自己不怎么看漫画书，但我听说过他，并且他还简短地聊了一下这本漫画。

我等着他继续往下说，他咕噜咕噜地喝了一大口咖啡，然后，他的头稍稍向一边倾斜，盯着杯子，好像他看到里面有什么东西一样。

苏茜：那么你觉得他会为卡尔文的完结感到……悲伤吗？

诺亚（耸耸肩）：人们在钓鱼的时候不会说这样的东西。

当他说的时候，他似乎陷入了沉思。

苏茜：还有其他的吗？你还能告诉我们点儿别的吗？

诺亚：你想让我说些特别的话，让他看起来比以前更真实，但他只是一个普通人，一个平庸的渔夫，偶尔也会喜欢诗歌。

诺亚抬起头看着我。

诺亚：他不会把你太当回事儿的。

就在那时，我身体的每一个细胞都相信他说的，我甚至不生气他这样说——就好像他只是在陈述事实。

苏茜：你真是个粗鲁的人。

诺亚：我的价值观比较传统，一个男人应该保护他的女人，而不该让她受到伤害。

苏茜：我不是谁的女人，谢谢，并且他只是想穿过这个湖，而不是整个冬天都住在这儿，不像某人。

诺亚：……

苏茜：如果我是你的妻子，我会想知道，如果你一年离开我几个月，你怎么能保护我？

诺亚：我是个诗人，我们需要独处。

苏茜：所以你为了写首诗，就可以伤害别人吗？

诺亚：艺术是人类成就的顶峰。

苏茜：做个得体的人，才是人类成就的顶峰。

她站了起来。

苏茜：你这样做是对我男朋友无礼！此外，你就是个大男子主义者。你可以为此作一首诗，谢谢你给的豆子，走吧，卡尔文。

她开始穿上她的大衣，我被男朋友这个词吓呆了，我动弹不得，我看着诺亚，我没想明白是否要说对不起，还是就这样不了了之，我不知道有苏茜这样的女孩儿为我出头，是应该感到幸运呢，还是因为要苏茜这样的女孩儿为我出头而感到羞愧。

霍布斯：羞愧。

我：啊？

霍布斯：那是你疑问的答案，你内心的虎气去哪儿了？我们一起混了那么多年你就一点都没学到？

苏茜穿上了大衣，而诺亚双眼直盯着地板。

我：苏茜，你刚刚是说我是你的男朋友吗？

她正在戴手套，好像她想要用手指戳穿手套末端一样。

苏茜：呃，你是我的朋友，对吧？并且你是个男的，对吧？

我：我现在又是你的朋友了？由于你超过一年没有和我玩，也几乎没和我说过话,我还真不敢说我是你朋友。

苏茜:我都跟你道歉咯,我被引诱到同伴政治的游戏中,为潜在的受欢迎度所诱惑。

我:你还真会总结呢。

苏茜:但现在你得忘记那段,因为……因为你现在在我心目中的地位无人可及,走吧,卡尔文。

诺亚:等等,请你们等等。

我们看着他。

诺亚:外面天黑了。

苏茜:卡尔文,走吧。

诺亚:并且很冷。

我(对着苏茜):我们先别走吧,他说得对,你在外面的话,情况会很糟糕。

苏茜:天气越来越冷,关于这个我们已经讨论得够多了,我已经来了,我们走。

诺亚:等等,我想……我想我刚刚想明白了,是你们帮我想明白的。

她的双臂垂在两侧一动不动。

苏茜:你真的想明白了?我们帮的?

诺亚：请你们等等。

苏茜坐了下来，诺亚松了一口气。

苏茜：你想明白了什么？

诺亚：看到你愿意为你朋友所做的一切……我明白我得停下对诗歌比喻的寻找，多看看她，我需要深入地去感受她，让我们的爱更真实、更特别，我得真正地进入她内心深处，并且除了我没人能做到的那种，我得为了她收敛一下自己的性子。

我：……

苏茜：……

诺亚：……

苏茜：没错。

诺亚终于正眼看我了，当他跟我说话的时候，他的声音变得更温和。

诺亚：你们两个今晚就住这儿吧，在地板上将就将就。

我（在黑暗中小声嘀咕）：我们的爸妈现在肯定在抓狂，你爸妈肯定会责怪我。

苏茜：你爸妈肯定知道我会照顾你的。

我：大家可能会认为我会伤害你。

苏茜：那是他们瞎想的，患有精神疾病的人并不会比其他正常人更容易伤害别人。

我：好吧，不管怎样，我答应你我永远都不会伤害你。

苏茜：我知道你不会。

我：即使你是个外星人，要吃我的眼珠子，我也不会伤害你。

苏茜：这几天遇到那么多疯狂的事儿，我可是大开眼界了，你就非得还要说这样疯狂的话吗？

我：你知道什么让我变疯了吧，苏茜？其实也没什么，因为我本来就是疯的，当每个人都把你当成疯子时，试着保持理智。

苏茜：好吧，卡尔文，但你知道吗？你不能说："你可别指望我什么，我可是个精神病！"然后下一分钟就说："每个人都对我不好，好像我是个精神病一样！"你是哪种情况？我会以我真实感受到的你来对待你，或者我可以很小心地对待你。

我：真实，真实就好。

Part 4
点亮内心最隐秘的地方

当我们离开的时候,我看到霍布斯像一条橙色的毯子,漂浮在黑色的水面上。永别了我的朋友,谢谢你的忠告!回望霍布斯的时候,我忽然觉得我内心最隐秘的地方亮了起来。

1

我们起得很早,感觉不错,诺亚已经走了,火也灭了。

  有那么一会儿,比尔,我怀疑诺亚是否真的出现过,但这个小屋和他的所有东西却都是存在的,并且当我往锅里看时,还发现几个干瘪的豆子,他必须得是真的,因为如果他是真的,那苏茜也是真的了,那苏茜就真的说了我是她的男朋友,虽然她的意思只是男的朋友。

  如果诺亚不是真的,那情况就截然不同了。

我:诺亚是真实存在的吗?

苏茜:是的,他是真的。

我:那他去哪儿了?

苏茜:他很可能去看他太太了。

我:再见也不说就走了?

苏茜：这样做更浪漫些。

我：他是怎么走的？

苏茜：他可能有一辆雪地车。

我：那你是真实的吗？

苏茜（在绑靴带）：我是真实的。

我：即便你不是真实的，你也还是可以说你是真实的。

苏茜：是吧，我想我可以。

我：说了等于没说。

苏茜：如果我不是真实的，我会假装很在意。

我：那你说"我是真实的"说九次，我就相信你是真的了。

苏茜：如果我不是真实的，你确实可以让我说九次，但由于我是真实的，所以我不会那样做。

我：说得好，但是，我这如此富有想象力的大脑，很擅长幻想出那些抵抗我命令的人。

霍布斯：我不是你幻想的。

我：你就是。

霍布斯：人类都是笨蛋。

我们觉得诺亚不会介意我们做一些燕麦片吃，但是我们找不到燕麦片，我可以发誓我昨晚在架子上看到了一些，苏茜找到了一些罐装的苹果酱，我们吃完后我才发现它们已经过期三个月了，早餐后，我们穿上大衣，把东西装上雪橇，从暗礁出发。

太阳正坐在平坦的地平线上，就像一个巨大的黄色保龄球。

苏茜：最好检查一下指南针在不在。

我：在的呢，走吧，C代表克利夫兰。小苏，诺亚说他的小屋离加拿大海岸二十二公里，那就意味着我们行走的速度低于每小时四公里，这也是我们最快的速度了，因此，天黑之前我们要走四十四公里，这样明天午饭时间可以到达加拿大海岸，这比我之前告诉比尔的时间晚了点，但希望他可以等等我们。

这个湖就像是个会呼吸的巨肺，当我们在行走时，我能感到它在我靴子下紧绷着，隔着一层薄膜，一层被我靴子冒犯的冰膜，我回头看了一次，但我再也看不见诺亚的暗礁。

我们在雪地上留下两条长长的、平行的槽，在我们的脚印之间，是由雪橇滑行板留下的整齐直线，而在我的脚印右边是霍布斯的足迹，不知怎么地，这似乎有点不对劲儿，就好像月球上留下了永远不会消失的脚印。

好消息是，天气比前一天暖和了一些，尽管如此，空气中还是有冰晶，它们没有像雪一样飘落下来，它们就在空中悬浮着，太轻了没法落下来，经过太阳反射，一个个像是雪球中有太阳，火焰被冰封了一样，这样的空气是很难呼吸的，当它下降时，你必须把它融化，你必须从氧中提取氢气。

到上午十点左右，我们是这一片白茫茫、冷飕飕的世界里的两股热浪和色彩，霍布斯正在频繁咆哮，当我开始感觉拉雪橇就像在拉一个装满铅的行李袋时，我就知道它又坐上来了，到了中午，我意识到要整天保持同样的步速是不可能的。

北极探险家卡尔文眺望地平线，还是一样，一直都是一样——平坦坦，白茫茫，除了雪没有地标，他那漂亮的助手在他身边沉默不语，等待着她的领导下达命令，而她会盲目地服从，因为她知道明确的权威对他们的生存至关重要。

苏茜（在跺脚好像她想跺穿冰面）：这真的是你所有愚蠢想法中最愚蠢的，毋庸置疑，你觉得我们走多远了？

我知道我们走得还不够远。

北极探险家卡尔文意识到队伍中的叛变，他想办法分散队伍的注意力。

我：你会觉得无聊吗？

苏茜：不会，只是觉得很累，很抓狂，但不会无聊。

我：如果我的生活可以无聊一点，我会更喜欢。

苏茜：那你就多跟着我吧。

我们现在都在大口大口地吸着氧气，说话也比较困难，但是当我让她扯些有的没的时，她走得更快了。

我：小苏，你有思考过生活吗？

苏茜：我当然有思考过生活，尤其是在我正要死时候。

我：你认为理想的生活是什么样的？

苏茜：我不知道，反正没想过会在一个大冰湖中央患上低温症吧。

我：……

苏茜：好吧，我不闹，我的意思是——我想好的生活应该是可以受到好的教育，有一份好工作，结婚，买房子，生一两个孩子，还可以去旅游，我想应该是这样的。

她说得小声，好像她不相信自己所说的。

我：我原以为，你也许想成为一个伟大的作家，或是诸如此类的。

苏茜：你是怎么记得的？

我：关于你的一切我都记得。

苏茜：别告诉别人，我从未告诉过别人。

我：连和你约会的男孩儿们都没告诉过?

苏茜：没有，你也别说得好像我和几百个男孩儿约过会一样。

我：几十个?

苏茜：只有三个。

我：三个? 一年内三个?

苏茜：我们现在能别谈这个吗?

我：只要你承认做个作家才是你的理想的生活，我就不谈了。

苏茜：好吧，或许吧，我的意思是，那确实是我理想的生活，但那不是最重要的事儿。

我：可听起来它应该重要才对呀。

苏茜：你知道谁是马赛尔·施沃布[①]吗?

我：不知道，可怜的家伙。

苏茜：为什么说他可怜?

我：好吧，因为他的名字……

苏茜：他是一个伟大的作家——非常伟大，现在再也没人读他的

---

① 马赛尔·施沃布（Macel Schwob），十九世纪法国作家。

书了,伊萨克·巴别尔①知道吗?爱德华·埃弗雷特·希尔②呢?特奥多尔·冯塔纳③呢?

我:……

苏茜:全部都是伟大的作家,但现在没人读他们的作品了,他们死了,不复存在了,被遗忘了。

我:……

苏茜:这样的作家有很多,而且大多数作家都这样,这就是事实,一些作品成为经典,但你读它们只是因为老师们要你读,但是没有人真正在意谁写的这些书,我想我更愿意将我的时间,花在那些在意我的人身上,比如说家人和朋友,我是说,以这个角度想想吧,这就是比尔正在做的事儿,他成名了,但他意识到什么才是重要的,他甚至不喜欢所有的名声和诸如此类的东西,他不想任何人插手他的事儿,如果他死了,我敢打赌没人会知道。

我:别那样说!我们当然会知道。

---

① 伊萨克·巴别尔(Isaac Babol),1894-1940,前苏联籍犹太族作家。代表作是短篇小说集《骑兵军》。
② 爱德华·埃弗雷特·希尔(Edward Everett Hale),1822-1909,是美国唯一神教派牧师和作家。著作包括《十乘一是十》(1871年);《以他的名义》(1837年)。
③ 特奥多尔·冯塔纳(Theodor Fontane),1819-1898,19世纪德国杰出的批判现实主义作家,代表作《艾菲·布里斯特》(1895年)。

苏茜：比尔在做第一份工作时被炒鱿鱼了，那对他影响很大，他不再找工作，而是想知道自己真正想做什么，有时候，令我们失望的事儿可能是我们遇到的最好的事儿。

霍布斯：老虎不会失望。

我：你想要表达什么？希望你不是试图告诉我，精神分裂症是有好处的。

苏茜：它会让你对他人的痛苦更加有同情心。

我：噗！告诉我你不会用那些陈词滥调来折磨我……

苏茜：那些没有杀死你的东西，只会让你更坚强。

我：你少来！你真讨厌！

苏茜：凡事皆事出有因。

我：停，只要你别说，我什么都听你的。

苏茜：勇敢地面对困难，耐心等待的人会遇到好事儿，总有一天你会感谢我的……

霍布斯：如果她不是那么可爱的话，它会把她吃了。

我：霍布斯说，如果你不是那么可爱的话，他会把你吃了。

苏茜：……

我：谢谢你。

苏茜：这精神分裂症，让你真的很悲伤。

我：没错。

我一直往前走。

我们走了很长一段时间，一句话也没说，我担心苏茜会马上消失，但这个湖不是我幻想的，我也确确实实筋疲力尽，我知道要不想在到达之前耗光食物和水的话，我们是多么迫切地需要加快速度，我本可以走得比她快，但是我不想丢下像苏茜这样的幻影。

我试着稍微加快一点速度来哄骗她走得快一点，希望她不会察觉到。

苏茜：你的加速不多不少，所以你以为我不会察觉。

我：你察觉到了？

苏茜：什么我都察觉到了。

我：所以你是没法提速了？

苏茜：喔，我能，我当然能，但我只是非常享受这个北极荒漠似的环境，我为什么要那么快结束这旅程呢？我们不着急，尽情地享受这一切，懂吗？

我可善于察觉不露声色的讽刺了，于是我放慢速度来适应她的节奏，我不停地说话，好让我的注意力，远离我的靴子声、呼吸声和那正起泡的双脚，我谈到如果拍到一张海怪南湾贝茜的上佳照片我们会赚到多少钱。

我们简直累成狗,直勾勾地盯着我们的靴子,差一点就撞到雪人怪。

有几十个这样的人,像军队一样排得极整齐,一排又一排的杀手雪人怪背对着我们。

霍布斯小声吼了一下。

我(小声说):你杀不死它们。

苏茜:它们是什么?

我:雪人怪,如果你杀它们,它们不但不会死,反而会繁殖。

苏茜:奥维尔从未说过这一点,这是某种成冰作用导致的,它们在发光!

我:变态雪人杀手喜欢用它们的木棍手抓住你,直到你的血液冻结而死……

苏茜(转向我):卡尔文,它们不是活的,它们没有手,它们只是……有点奇怪……

霍布斯:它们是致命的。

宇航员斯毕夫坠落在一个寒冷的星球,在他面前,奇怪的冰雕从地面升起,荧光灿灿,它们是残忍的智慧结晶——在这样一个严寒和无情的世界里,一个外星人变得冷酷无情,这是对存在徒劳性的评论……

比尔,可能世界上最孤独的感受就是你可以看到一些东西,而别人看不到;或者是你可以听到一些东西,而别人听不到;再或者是你相信一些东西,而别人不相信。

也许这是我最糟糕的事,那种孤独的感觉,我知道我不能让任何人真正理解霍布斯。

我:跟你说,它们是雪人怪。

苏茜:好吧,好吧,卡尔文,你害怕了,你想我做什么?

她现在也正小声嘀咕着。

我:我们必须绕着它们走。

苏茜:没错。

我:静悄悄的,这样它们才不会听到我们的动静。

苏茜:好吧。

我:一定要静悄悄的。

苏茜:好吧。

我:我们杀不死它们。

我们绕过第一个,我看得很清楚,那是一根发光的柱子,从冰面突出直直刺向空中,就像一个巨大的倒冰锥,有些高得像一座两层楼的建筑,晶莹剔透,在阳光下闪闪发光,仿佛是湖露出了它的牙齿。

我:它们只是成冰作用形成的。

苏茜:我知道。

我:这个湖是怎么做到的?能够形成这些冰晶?

苏茜盯着离我们最近的一个看,就好像它是米开朗琪罗的《大卫》。

苏茜:我想知道它们怎么会那样发光的?既让人感到害怕又惹人怜爱。

就在那时,一根细线般的液体从我的左边喷了出来,它开始在下降过程中结了冰。霍布斯:这湖在向我们吐口水呢。

我:这水在那儿肯定受到压力了,当水遇到小洞或裂缝时,就会喷出并形成这些东西。

苏茜:太神奇了。

我:是呀,并且它们会变得越来越大,直到——

苏茜:它们有危险吗?我是说,它们会软化冰面吗?奥维尔说了一些关于冰面上裂缝的注意事项……

我:不像雪人怪那样危险。

苏茜：是的，不像。

我们都盯着冰柱看。

我：你认为除了我们之外，还有人知道这东西吗？

苏茜：没人知道。

我：我们知道这湖的一个秘密。

苏茜：是呀。

我：不要告诉任何人。

苏茜：我不会的。

我：也许我们只是在做梦梦到这个。

苏茜：也许我在梦你。

我：我也在梦你。

苏茜：那我就成为你梦中情人啦。

我：才不是咧，我的梦中情人可能会是个超模之类的——啊唷（被打了）！

她打我一拳是有什么意思吗，比尔？我没在意那一拳。我笑了，然后她也咧嘴笑了，有那么一秒钟，我觉得我们已经越界了，我停止笑声，把手放在她的头上，就放在她头顶，然后我的手滑到她的脸颊上，她也停住了笑声，低着头看冰面。

苏茜：别——别吻我。

我：谁说我想吻你的？

我们绕着雪人怪走，但其实它们只是成冰现象，比尔，既然这样，那些雪人怪就不会有危险，我才有危险，我才是危险，我得保护她让她远离我。

但现在已经太迟了，我把她带到这里和我一起，白天我们马不停蹄，我们的脚和腿早已经远远超负荷了，我知道我们应该加快速度弥补时间，但我们并没有那样做，尤其是现在，我们还不得不偏离路线去绕过那些仅仅是成冰现象的雪人怪。

我一直往前走。

下午四点半，我们不得不停下来歇息一下吃点东西，因为我们快要饿死了，苏茜坐在雪橇上，我们都知道我们吃的是最后一点干果和牛肉干了，我们剩下两瓶水，一些葡萄干，两小管花生酱，这些本应该是我们明天的早餐，在冰面上的最后一餐，我没有对苏茜说什么，但我猜我们不会在美国吃午饭。

苏茜：除了诺亚的豆子和面包，这是我吃过最好吃的东西了。

我：饥者口中尽佳肴呀。

霍布斯：给我来点儿。

我丢了点干果仁碎在我这边儿，免得苏西看到。

苏茜：你觉得我们走多远了，卡尔文？明天我们还要走之前你想的那么长的时间吗？或许我们会在早餐之后午餐之前的时间到？我们走多远了？

我：你知道斑马贻贝的入侵，正危害这湖的生态吗？

苏茜：才这么远？但是你说我们明天午饭时间就可以到啊，又快要天黑了，但我还看不到湖岸。

我：斑马贻贝吃了所有的微生物，使水清澈洁净，但这些微生物都是鱼吃的，斑马贻贝正在破坏整个湖泊的生态系统，总有一天，斑马贻贝会在整个湖泛滥成灾，这都怪一艘欧洲船往湖中倾倒压舱水，这是我在不情不愿地做生物课题作业调查时，发现这个的。

霍布斯：就给这点儿？就给我这些碎屑？

苏茜：跟我说实话吧，我可以接受的。

我：然后它们会继续到下一个湖去摧毁那里的生态系统。

苏茜：喂！你是不打算回答我走了多远了是吧？

我：世界上最大的淡水湖群，我们正在慢慢地把它们变成粪池，把人类排泄物冲进湖里，把化学废物扔进湖里，捕鱼的速度比鱼繁殖的速度还快，把我们不想再看到的东西都丢进去——购物袋、汽车……

苏茜：你现在让我很沮丧，卡尔文。

我：从根本上说，我们是走在一个巨型垃圾冰棍上。

苏茜：嘘！

我：……

苏茜：行了，谢谢你，闭嘴吧。

我：……

苏茜：……

我：……

苏茜：这也无济于事。

我：什么无济于事？

苏茜：你闭嘴也无济于事，我们出发时，你说只要十七个小时。

我：我说十七至二十个小时。

她把指南针从口袋里拿出来。

苏茜：我知道怎么用这东西，我知道我们没在兜圈子。

我：我们在一些地方要步履艰难地穿过深雪；爬雪丘；绕着雪人怪走；这些地方浪费的时间我没有计算入内，一小时走五公里十七个小时才能到达，我们昨天是每小时四公里，但我想我们现在的速度只有三公里，大概是这样。

霍布斯：饿……我饿……

苏茜看起来忧心忡忡，坐在雪橇上，我知道我得说点什么让她开心一点儿。

我：呃，苏茜，我原本要研究湖上的污染，作为我的生物课题作业，那我既然都把这个研究做完了，你觉得费尔吉格先生会给我个延期的机会吗？

苏茜（站了起来）：卡尔文！

我：怎么了？

苏茜：没错！这正是你应该做，去延期！

我：你怎么一下子那么开心？

苏茜：因为！因为你不会放弃！我是说你的学业，真是松了口气，你需要接受良好的教育……听着，所有有创造力的人都有点疯，但没人会担心你十赫兹的脑子，只要你能用这脑子做出一些伟大的事儿来。

我：好吧，那我要做的就是变得聪明或者伟大，这样我就会没事儿，我明白了。

我抓起雪橇开始出发，苏茜跟上我。

苏茜：查尔斯·狄更斯认为他书中的人物有时就是他的影子。

我：那这样更好——我将努力成为一个天才。

苏茜停下来，看着我。

苏茜：但你已经是一个天才了。

霍布斯：好家伙！

我（大笑）：……

苏茜：怎么了？你本来就是啊。

我：现在你才是疯的那个了，我不是个天才。

苏茜：卡尔文，我还以为你是知道的。

我都佩服我自己幻想的功力了，我不仅用意念召唤出一个完整的女孩儿，而且这个女孩儿还是苏茜·麦克林，她说的那些话，显然都是为了让我自我感觉更好些。

霍布斯：她为什么这样说？也许她只是在嘲笑你，是对你用雪球砸她的报复。

突然，我听到有人在低语，我听不出在说什么，也听不懂，但我就是知道有人在低语，南湾海怪贝茜，或者珍妮绿牙怪，或者两个都在，就在冰面下，我和它们之间只有一层薄薄的冰水，它们以为我是它们的同类了。

我：我不是和你们一伙儿的。

苏茜：怎么了？

我：我不是在和你说话。

苏茜：我明白了。

我：它们在冰面下。

苏茜：噢，卡尔文。

我：它们在等我。

苏茜：是吗，那就让它们等着，我不会让它们抓住你的。

我停了下来，站着一动不动，风吹进我的耳洞里，但它们的声音却消失了。

我：你让它们走了，小苏苏。

苏茜：好吧，现在我们知道一些东西。

我：我们知道？

苏茜：是的，我们就是知道。

我走得稍微快一点，让我和怪物的低语声之间的距离放远，苏茜跟上着我，直到她走不动，然后我们就走得很慢，直到筋疲力尽，天变得越来越黑。

我试着乐呵一点，让帐篷在天变得很黑之前搭起来。

我：没错，我们进度是落后了，但睡个好觉后我们可以走得更快些呀，或许我们能及时赶到那里吃午饭。

我们从雪橇上解开帐篷。

我：记住要有信心，苏茜，要坚信我们可以做到，我们拾起信心，行不？

她点了点头。

我：好嘞，让我们看看，让我检查一下我的冬季露营注意事项列表，有可以避风的地方吗？

苏茜坐在冰上，我原地转了三百六十度，在这平坦的湖面上寻找避风的地儿。

我：非常不幸，没有……这个地方不会有雪崩危险吧？

我又转了三百六十度，苏茜的下巴顶在膝盖上，微微一笑。

我：是的，我可以报告说我们不太可能会遇到雪崩，总是存在有利的一面的，对吧，小苏苏？让我们看看——应该不会被倒下的树砸到？（打钩）；与其他露营的人保持隐私空间？（打钩），照我说，这就是我们要扎营的地方了！

苏茜指着一个大约十英尺远的地方。

苏茜：我感觉那里会更好些。

我：嗯，我明白你的意思，那将是一个绝佳的地点。

起初苏茜差点笑了，但我真的笑了，尽管没什么好笑的，但她后来真的笑了，我也笑了，我们都笑了，直到我们不得不停下来，然后我们又笑了一会儿。

苏茜：这都不好笑。

然后我们又笑多了一会儿。

我开始搭帐篷,苏茜叫我别看,她要去溜达,缓解一下自己的情绪。

霍布斯:我口渴。

我:……

霍布斯:我又渴又饿。

我:这个帐篷很不好搭,总有一天我要发明一个可以一键式敞开帐篷。

霍布斯在我身后来回踱步,咆哮着。

霍布斯:我又渴又饿。

我:那就自己去捕食,老虎不是很擅长干这个吗?

霍布斯(低声喃喃地说):没错,老虎擅长干那个。

我可以感受到它正望着苏西的方向。

霍布斯:对她没什么兴趣,太瘦了。

我把帐篷丢下。

我:别惹她。

霍布斯:饿——

我:我会打你的。

霍布斯(吼叫着):渴!

我:好吧!给!你自己喝!

我往冰上倒了一瓶水,当它把水舔完的时候,我把一些葡萄干倒在冰面上。

我以为当苏茜看到个空的瓶子时,眼睛会从她的头暴突出来,比尔,就像你在卡尔文被吓傻的时候会画三组眼球一样。

苏茜:卡尔文!
我:是霍布斯要的……
我的声音听起来连我都觉得可怜。
苏茜:卡尔文,你都干了什么好事?那可是我们仅存水的一半啊!并且我们也没剩多少吃的了!
霍布斯满足地打着呼噜。
我:霍布斯看着你,就像它看着一块牛排。
苏茜:噢,卡尔文。

比尔,那时我真恨自己,我也恨霍布斯,但我更多的是恨自己。那时我除了疲劳,我什么都感觉不到。

我:对不起。

苏茜：我也有错。

我：嘿，我们有无数的水就在我们脚下呢！还有雪，我们有一大片没被踩过，没被弄脏过的雪，我们这有全世界最多的水。

苏茜：卡尔文，我们不能吃雪，它太冷了，需要太多的身体热量才能融化它，你会得低体温症的。

我：我知道，你以为我不知道？

霍布斯（咯咯地笑）：……

我（对着霍布斯）：安静！都怪你！

霍布斯：我诗兴大发，老虎，老虎，火亮亮/在这冰封的大晚上/各路神仙可都在/能否给你做个南瓜派。

我：原诗不是这样的。

霍布斯：这才有创意，布莱克①（原诗作者）把诗毁了。

我：南瓜派？

苏茜：我会一直看着剩下的葡萄干和花生酱。

我们一起把帐篷搭好，一句话也没说。

如果她大骂我一顿还更好些，但她只是沉默不语，我们把睡袋扔进去，然后尴尬地站在帐篷外面，我不知道说什么……呃，你现在要

---

① 威廉·布莱克（William Blake），英国第一位重要的浪漫主义诗人、版画家。

睡了吗？这样说听起来怪怪的，我看着那个空瓶子和冰面上压碎的葡萄干就感到不舒服，我到处望来望去，除了那里，最后我往天上看。

星星，不计其数的星星，甚至都不是星星——是星系，众多星系的星星，从地平线到地平线，它们把每一寸昏暗的天空都用奶油色的光填满。

我：苏茜，往上看。

她抬起头一看，然后倒吸了一口气。

苏茜：这就好像我们在一个雪景水晶球里边。

我：是像在星象仪里边，如果上帝抖一抖，所有的星星都会落到我们身上，就像雪一样。

霍布斯：是在天涯还是在海角/烧出造你眼睛的火焰？/见到你的人都超欣赏你/你的毛是外套的最爱。

我：布莱克被你气得在坟墓里打滚。

霍布斯：他应该向我请教怎么作诗。

我：好吧。

苏茜：你刚说了什么？

我：我是一个点。

苏茜：……

我：我是湖面上的一个点，湖是地球上的一个点，地球是银河系的一个点,而银河系是宇宙的一个点,我是点中点中点中点……

苏茜(凝望天空):是的。

她说得很轻柔,好像我刚刚说了些很深邃的东西一样。

霍布斯:然后星星开始欢呼/因为老虎没有伙伴。

苏茜:不知怎么的,天空让万物有了可观察的视觉角度。

霍布斯:什么样的艺术家和艺术/可以让你安分地做老虎?/而当你开始失去些热量/你就会渴望新鲜的好肉。

我(对着霍布斯):你要把我逼疯了。

苏茜:我要进帐篷里了。

她进了帐篷,让人难以置信的是,我也进去了。

男孩儿卡尔文和一个女孩儿在帐篷内。

一个可爱的女孩,在一个小帐篷内,卡尔文正和一个可爱的女孩儿躺在小帐篷里。

他和女孩都很冷。

他听说过和一个女孩,在一个帐篷里,要是冷的话……

没错,女孩是已经穿着一件大衣,戴着帽子,还躺在睡袋里。

但卡尔文凭运气还是可以实现目标的。

当我十一岁的时候,比尔,我就想知道是谁提出了那么恶心的想法，让你带有细菌的嘴——在消化过程中第一个使用的器官——猛地压到别人同样带有细菌的嘴里，而别人的嘴几分钟前，可能会一直在咀嚼黏糊糊的牛油果，或者是放了两个月的水果蛋糕，我十二岁了，那听起来就像是有史以来最聪明的主意，只要是和苏茜一起完成就好，这就是我在帐篷里躺在她旁边时想的东西。

苏茜：这是我看过的帐篷中，做工最粗糙最蹩脚的了，这东西能在极寒的荒地中保护我们吗？

寒风猛烈地从帐篷的侧面吹来，我们把睡袋拉链都拉到下巴上了，躺下来的那种感觉真好，我的腿和脚在唱歌。

苏茜：这东西不想做帐篷，想做风筝，感觉都要飞起来了。

周围很黑暗，但苏茜——她在我的身边就像个小小的，苍白的月亮，只有一点点光亮，就像她内心的某些品质，是黑暗无法吞噬的光。

我们躺在那里没有说话，我的整个身体都无法相信，在黑暗中我躺在苏茜身旁，我想说，这不可能是真的，比尔，但它确实是真的，即使戴着帽子，她也很漂亮。

霍布斯：一些老虎甚至可能还会说她性感。

我们在那里躺了好一阵子,什么也没说。

我:我们还是小孩时,我一直对你很不好,真是对不起。

她转向我,我可以感受到她正在看着我。

苏茜:我接受你的道歉。

但她说得很轻柔,我敢说,她在说出那句话的时候肯定在偷笑,你总是可以听得出别人微笑的。

我们躺在冰面上,周围一片漆黑,我感觉离一切都很遥远,比如我的父母、学校还有利明顿——就好像我在太空,而他们都在一个非常遥远的星球上。

我:你的英语课题作业做了什么?

苏茜:你是说那个占总成绩百分之五十,而你还没开始做的英语作业?

我:是的,就是那个。

苏茜:我写了个故事,一个长故事。

我:关于什么的?

苏茜:我不告诉你。

我:为什么?

苏茜:你会笑话我的。

我:我答应你,绝对不会笑话你。

苏茜：我之前就被你这样骗过。

霍布斯：她说得没错。

我：这次我真的答应你。

苏茜：好吧，这是一本关于友谊和忠诚的小说，讲述了一个年轻女人是如何在艰难的关系背景下诠释这两个词的。

我（强忍住不笑）：是言情故事？哇！

苏茜：不是言情故事！至少不是你想的那种。

霍布斯：你一点都不懂什么是言情故事，现在，以我的经验……

我：故事是怎么结尾的？

苏茜：我给了故事一个开放性的结尾。

我：为什么？

苏茜：我不知道……也许我还没弄明白最后一章该怎么写。

我：你总是能完成你的作业，我也希望我可以这样，但我只是想不明白，为什么我要学那些东西。

苏茜：因为如果你想要做一些新的和了不起的事情，你就必须知道这个世界已经知道了什么。

我：你的话很出人意料，但是却有点道理，这意味着他们得把几千年的知识，塞进孩子正在成长的大脑中，这样当他们长大成人的时候，就已经被教了整个人类的知识。

苏茜：或者可能只是一些基础，基本的了解。

我：脑子被塞满这些知识的新一代，要想发现新事物，就要和巨大的逆境做斗争，他们面临着极不寻常的挑战，承受着巨大的负担，也无法改变世界。

苏茜：也许我们这代人所取得的进步，将是在道德方面的而不是在技术上，也许我们这一代人将会治愈大气层，丰富民族生态圈。

我：民族生态圈？

苏茜：是的，地球周围的稀薄的水汽，是由所有人全部的梦想、希望、想法和想象力组成的。

我：那这个水汽层会和臭氧层一样有个洞吗？

苏茜：我们在所难免地会破坏到水汽层，然后出现破洞，但是像你这样的人会出现把它又修补好，让它再次变得光滑松软，就像馅饼里的蛋白霜一样。

她说了这话后有点喘不过气儿来，好像她无法相信这些话是从她口中说出的。

我：你看，当你说这些话的时候，我就知道你是我臆想出来的，就像我臆想霍布斯一样。

苏茜：或许我们走的过程中，所经历的事情都是我们臆想出来的。

霍布斯：如果你问我的话，我会说这是个不切实际的想法。

苏茜：也许——

她停了下来。

苏茜：也许这就是最后一章。

我：最后一章？

苏茜：我指的是我书的最后一章。

我：所有人都死了？

她好像发出了一声假的叹息。

苏茜：不——我是说，你和我——

我不敢猜我的幻影试图要对我说什么，但是我要告诉你一些事儿比尔，在那顶帐篷里，无论她出现在我脑海的哪个方位，我都爱她，我想对她表白，但即使我的脑袋是有点问题，我也不至于笨到那样草率地说出口，所以我放慢了节奏。

我：你真的说了我是你男朋友吗？在诺亚小屋的时候。

苏茜：……

我：不，你没有。

苏茜：……

我：因为那会很奇怪。

苏茜又发出了另一种愤怒的声音。

苏茜：卡尔文，我们之间，你别给我装糊涂。

我：我们?

苏茜：因为你知道你爱我，你一直都爱我。

我：……

苏茜：而我也爱你，爱得很深……深到心坎儿里。

我：!

苏茜：你从一年级就爱上我了，并且今生你不再想要其他人，别否认了，这就是为什么我保留着那些讨厌的情人节礼物的原因，卡尔文。

听起来她生气了，她气是因为这些话都要她为我说出口。

我：好吧，这可能证明我爱你……

苏茜：……

我：但这并不是说明你爱我的原因。

苏茜：有时一件事儿会永远成谜，这件事儿使理性也不知所措，即使是最有逻辑的头脑也会被它搞得困惑不已。

我：……

她笑了，然后她透过黑暗看穿我的眼角膜，穿过虹膜和所有眼球周围果冻状的东西，避开了眼睛的悬浮物，专注于我的视网膜的中央凹。

苏茜：好吧，我会告诉你为什么我爱你，卡尔文，但我只说一次，所以你要认真听。你有老虎、太空探索者、赛车手、雪橇运动员的勇气和胆量；你有惊人的想象力；你从来都不会无聊；你不害怕问些很难的问题，即便发现其实这些问题并没有答案也还会问；还有你——你比任何人都懂我。

突然之间，我为她感到难过，无论她是真实的还是我臆想的——因为她爱的人会扔掉食物和剩余水的一半去喂他臆想的老虎。

我：但是……但是你很漂亮……像你这样的人应该……而我……你懂的……

苏茜：我了解你，但你不了解你自己，我敢打赌，你不知道学校里有一半的女生认为你很可爱，很有趣，而且聪明得让人觉得可怕。

我：没有女孩子会看我一眼。

苏茜：她们只是私下偷偷地欣赏你。

霍布斯就在我右后方大笑，而苏茜，我见过的唯一真正可爱的女孩，当面告诉我她是我的，我是她的，就在那一刻，我觉得这个精神分裂症也有它的好处，我应该就这样过算了。

我：我保留了我为你做的所有漂亮的情人节礼物，但太胆小了不敢给你。

苏茜：你还做过漂亮情人节礼物？

我：是的。

苏茜：我们回去之后你会将它们给我吗？

霍布斯：如果你能回去的话。

我：可以呀，我会将它们全部给你，包括我为即将到来的情人节准备的那份。

苏茜：……

我：所以——这意味着我们可以亲吻和亲热了吗？

霍布斯：只有我能狂吻你整张脸的时候才可以。

我：我是在和苏茜说话，你这个污秽的——

苏茜：呃，我不知道……精神分裂症……有点让人提不起兴趣……嗯……

一直拍打着帐篷侧面的寒风突然安静了下来。

我：我想你刚刚的意思是我可以。

苏茜：你有吻过谁吗？

我：当然有呀，好几十个呢。

苏茜：……

我：好吧，其实没有。

苏茜：没有，那你知道为什么没有吗？

霍布斯：因为女孩子都不想亲他呗。

我：因为女孩子都不想亲我呗。

她用手肘托起头，我能闻到她的气息，那是世界上最美妙的味道，就像她刚刚吃了一块薄荷糖，但我知道她并没有。

苏茜：你怎么知道女孩子们不想亲你？你试过吗？

我：没有，首先你得先和她们说话，我想那是种规矩吧。

苏茜：好吧，而你又不和女孩子说话，那又是什么原因？

霍布斯：他在社交方面很笨拙。

我：我在社交方面很笨拙。

苏茜：她们不知道呀，我是知道的，但我没告诉她们，我让她们因你的沉默而望而止步。

我：为什么？

苏茜：因为我想要你的初吻。

我：……

苏茜：……

我：你吻过谁吗？

苏茜：当然啦，我得练习一下，这样当你终于抽出时间要吻我时，我们中的一个会知道该怎么做。

我：提前计划一直是个好主意。

所以我吻了她。

我吻了她，她吻回我，我不停地吻她，她也不停地吻我，我们一直吻一直吻……我和她都穿着大衣和雪裤，都戴着帽子，虽然不是很方便，但根本停不下，我想知道世界上其他人是否有过这种感觉，他们是怎么停下来的？我想我们的激情会在冰面上烧出一个洞。

那个吻就像是生命意义所在。

我：那个吻就像是生命意义所在。

苏茜咯咯地笑。

霍布斯：你让她咯咯地笑了，妈呀！

我（对着霍布斯）：滚出去！

苏茜：怎么了？

我：我在对霍布斯说。

苏茜：别那样，否则我会让你哭。

我：噢嗬？我倒想看看你能不能做到。

然后她又吻了我，我发誓，比尔，我发誓我真的哭了，并且第一次，我知道了一些大脑永远都不会知道的事，也是我第一次喜欢大脑可以提出我不能回答的深奥问题。

当我们停下来呼吸时，我睁开了眼睛，月光和星光填满了帐篷。

我：现在我明白了为什么一个男人愿意放弃他的自由，把自己束缚在一个女孩的身上，然后将自己的余生都投入一份他讨厌的工作中去，仅仅是为了养育这个女孩的后代，最后他老死，就这样过完一生。

苏茜：是呀，现在我也明白为什么一个女孩可以放弃自己的自由，将自己束缚在一个男人身上，耗损她的身体给那个男人生孩子，搁置她的事业，并且放弃实现她旅行的梦想，只是为了做饭，搞卫生，将那个男人的后代养育成人，然后她老死，给人生画上一个句号。

我：好吧！你赢了！

我把她拉近些。

我：你是真实的，苏茜，即使你不是，你也是我所经历过的最真实的事。

当我早晨醒来时，太阳正在升起，一股暖风在外面吹拂着，苏茜看着我，脸上带着蒙娜丽莎的微笑。

我跳了起来，知道我们必须尽快出发，知道我们没有足够的食物和水支撑一整天，知道这可能要花上我们一整天的时间，知道比尔你会带着那个连环漫画在那里，等着，疑惑着，担心着。

苏茜：早上好，卡尔文。

霍布斯：早上好，卡尔文。

我：早上好。

苏茜：……

我：不用那么麻烦收拾你的睡袋了，我们要把这东西放在这儿。

她古古怪怪地盯着我看。

我：怎么了？我知道这东西是花钱买的，但或许我们可以晚点骑着机动雪橇回来拿。雪橇拖慢了我们的速度，我们必须得认认真真地向前进了，我们要把它放在这儿。

苏茜：说完了？

我：我还有什么要说的？

苏茜：你可以啊！

我：怎么了？

苏茜：好吧，我们接吻了，你是知道的。

我：我没忘记呀。

苏茜：你不能吻了我，还装作什么事都没发生一样。

我：我没有呀。

霍布斯：好啦有戏看啦。

苏茜：你早上醒来，必须把我当成是第一次和你交换唾液的人对待呀。

我：苏茜，听我说，我们得走了。

苏茜：唉，当我没说吧。

她坐了起来，开始系靴带。

苏茜：我们接吻了。

十七岁的我，刚刚经历了我人生中最快乐的事情，因为苏茜·麦克林认认真真地吻了我，从此我的人生就要走下坡路了，为什么我这么害怕告诉她这个？这可能不是真的，或者可能再也不会发生，因为生活本来就不是那么幸运的，我怎么还担心这个？

但她脸上的表情和她在一年级时的表情是一样的，那时我叫她"恶心鬼"和"猪脑袋"，那还是我的雪球砸的那张脸，我知道我必须告诉她。

我：好吧，让我解释一下。

我把手放在她的手上，这样她就可以停下来不系靴带了。

我：你看，小苏，你的脑干负责你的生理功能——你的心跳和肺呼吸，这是你脑的一部分，让你发育成熟，分泌荷尔蒙，等等，至于我的脑干，它至少在分泌荷尔蒙方面的功能还是完成得很好的；然后还有R-复合区或者说你的原始脑，这一部分是负责基本生存的，它具有侵略性和领地意识，能驱使你进行性行为，让我感到巨大安慰的是我大脑的这一部分同样功能良好；然后是边缘系统，这是关于你的情感和情绪的部分，就是这一部分是让你坠入爱河，它在我还是一年级时就开始起作用了。

苏茜（微微一笑）：……

我：然后是大脑皮层，大脑皮层是大脑中具有直觉能力、分析能力、创造力和精神力的部分，大脑皮层负责艺术和科学，以及所有区分人类和动物的事物，这就是人脑，它能让你在教堂里结婚，让你在男女情感坚持六十年，让你在妻子七十岁的时候给她写诗。然而，小苏，就是我脑子的这一部分可能有毛病，但此时却为你发挥了全部潜力。

苏茜：你的大脑皮层？

我：没错。

苏茜：那是最浪漫的东西……我的意思是，同上。

我：同上？我滔滔不绝地说了那么多你就说同上？

苏茜：好吧，让我这样说吧——你的大脑皮层在激活我的R-复合区。

我：听起来很有意思。

苏茜：噢，是的，是的。

她站了起来。

苏茜：但我们得走了。

我们吃花生酱和葡萄干吃得很快,我一直看着她,她一直都在,当我们吃完时,她把手伸进行李袋找指南针,然后"嚛"的一声拿出不知道什么东西。

苏茜:曲奇饼!

我:曲奇饼?

苏茜:谢谢你,奥维尔·沃茨!

我们彼此咧嘴一笑。苏茜检查指南针,我们开始出发。

那不是白色的太阳,是像虎皮那样的橙色,湖面上的冰现在很粗糙,厚厚的冰块像是滚磨砖,碎冰块从冰面隆起,我很快就厌倦了自己在自己耳边的呼吸声。

由于前一天的跋涉,我们依然全身酸痛脚起泡,并且越来越严重,我们把一只脚放在另一只脚前,直到我忘记了我为什么要这样做、我在哪里、我是谁。霍布斯咆哮多次,很长时间我们没有说话,我们就困在既不想动又没有其他选择的境地里。

苏茜时不时检查指南针。

苏茜:S代表的是什么来着?

我:是一个方向。

苏茜:什么是方向?

在白茫茫的湖中央,方向确实没什么意义。

奥维尔说得很对，那湖就是一个残余的海洋，那些只从岸上，坚实的地面上看它的人，从来没有真正了解过它的浩瀚，它是不朽的，不朽的存在不理解凡人，它们不明白任何一分钟都可能是你的最后一分钟的那种感觉，那个湖不知饥饿是什么感觉——你的胃开始消化它自己的保护性黏膜，你的肠道开始崩溃，你的肝脏和胰腺都感到困惑并严阵以待，你的所有细胞功能都没有任何作用。

当天晚些时候，天空是白蓝白蓝的，冰是蓝白蓝白色的，感觉就像我们处在一个被剥夺感官的细胞里，我们甚至连影子都没有，天气比前一天暖和了，实际上是比以前暖和多了，但是风从来没有停歇过，它把我们的热量和水都吸干了，我们喝了几口水，我让苏茜喝了最后一口，我开始东拉西扯，好让我们不要去想没有水了。

苏茜：你害怕了，是吗？

我：为什么这么说？

苏茜：因为你滔滔不绝，你是想放空我的脑袋不去想事情。

我：什么样的事情？

苏茜：比如说我的腿已经没知觉了这样的事。

我：你知道是有可能找到两片完全一样的雪花吗？

苏茜：不知道，不可能。

我：真的，是有可能的，当然，找到两片相同的雪花的概率是一万零一百五十八分之一,一万零一百五十八分之一可是比这个宇宙的原子数还要大了。

苏茜:想想那概率可以比宇宙还大,就觉得很酷。

霍布斯:你们能活着回去的概率比宇宙还大。

我:苏茜,你相信上帝吗?

苏茜:你之前问过我了。

我:没错,但那时我以为他给了我们一辆车。

苏茜:你不能只有当你得到东西的时候,才会相信啊。

我:所以你是说你信是吗?

苏茜:是的。

我:你信?真的吗?

苏茜:真的。

我:为什么?

苏茜:没什么好大惊小怪的——我,还有这个世界的其他三十亿人都信啊。

我:所以你相信你可以成为某个教会的一部分?那你不信进化吗?

苏茜:进化——也许上帝就是这么做的,也许上帝经常从天堂下来,说:"嘿,生活,变得复杂些吧!"

霍布斯：之后他创造了老虎，然后停止劳作休息。

我：根本就没有上帝。

苏茜：证明给我看。

我：你没听说过罗素的茶壶吗？

苏茜：哈？

我：这位哲学家，伯特兰·罗素——他说："如果我说有一个茶壶在某处绕着太阳转，那这件事儿该由我去证明它，而不是由另一个人来伪证它。"

苏茜：所以呢？

我：所以呢？那个茶壶呢？你要证明它的存在。

苏茜：茶壶当然存在。

我：……

苏茜：量子物理学，有谁证明了？有无限数量的宇宙？那其中一个宇宙就有一个茶壶在太空。

我：有茶在那个茶壶里面吗？

苏茜：当然有，暖呼呼的，还有糖呢。

我：有松脆饼吗？

苏茜：什么是松脆饼？

我：用来配茶吃的东西。

苏茜：那就会有松脆饼。

我：那为什么上帝不现真身呢？

苏茜：我不知道，可能因为我的信仰还不够深吧，我一半信，一半不信，但总是会偏向信的一边儿。我想说，如果真的有上帝，相信他，可能是个好主意，但如果没有上帝，那我们就只是大自然的一场意外、一种病毒、一种疯狂蔓延池塘的浮渣，这样的话，无论我们信或者不信上帝都无关紧要了，因为没人在乎。

我：……

苏茜：既然都无关紧要了，那我还是选择信吧，有些事儿我们还是要留心的，宇宙有一颗心，我们被看护着，可能生命和世间万物都是有意义的……

我：……

苏茜：……

我：我想知道，这里是谁说了算？上帝存在的证据在哪里？似乎每个人都在想有人在主宰一切，纵其一生，他们认为山只要爬得越高，他们就越接近山顶上的精神领袖。但有一天他们登上顶峰了却发现没人在那儿，只要上帝在联合国会议上露个脸，或者在白宫短暂现身，或许五角大楼、时代广场也行，那他就可以澄清许多事情了。

霍布斯：释放所有关在动物园的老虎……

我：你会认为一个总是听到老虎叫声的人，会相信其他人都看不见的东西？但实际上他只会更不信，可能第一个虚构上帝的人有妄想症，如果存在终极现实的话，那它由上帝主宰着，但也许，如果现实可以抓得住的话，那就不会有终极现实。

苏茜全神贯注，就像我刚才说的每句话都在她脑海里回放。

苏茜：这就是问题所在了，不是吗？他为什么不现身？一些人说他当然现身了——在他们面前——但是其他人不相信，并且杀害他们或者殴打他们或者驱逐他们，只是因为他们说看到了上帝现身；还有一些人确实相信上帝，但只是利用这种信仰让他们觉得自己高人一等。这就造成了各种各样的问题，上帝可能会坐在那里，拍打着他的额头说："孩子们，孩子们，我要怎么办呢？"

我们走了一段时间没有说话，但是走路时没有说话的感觉很绝望，很无聊，并且很快你想的就是你腿上的疼痛，食物，水和睡觉。

我：当比尔出现时，一定让人感到棒极了！

苏茜：他已经才思枯竭了，你不可能做一件事情做十年都一直保持辉煌，而不江郎才尽。

我：他没有消失的借口。

苏茜：他知道他已经创作了最好的作品，他像个疯子一样工作，他需要休息了。

我：即便这样，他也没有理由拒绝接受采访，不出席颁奖典礼，拒绝回复粉丝的来信。

苏茜：他拒绝追星，他很谦逊，也很明智，他知道所有的这些东西，都是肤浅无意义的。

我：可他是个艺术家，艺术意味着需要交流，为什么他不和别人交流。

苏茜：或许有一天他会的，即便是李·塞勒姆，他也说过，比尔并没有完全封闭自己，他只是不想为了金钱而牺牲艺术良知，仅此而已，他认为出卖自己艺术良知就是在收买别人的价值观，又或者他知道有种力量在创造某物，然后就退隐了，他沉默，他拒绝为别人的盲目崇拜而现身——这迫使你更加严肃地去看待创作本身，就像他说的那样，"这就是我不得不说的，你笑，你哭，你思考，你改变"——这才是关键。

我们默默地走了很长一段时间，她走得越来越慢，呼吸越来越困难，但是当我们说话的时候，她又好点儿。

我：当我们到达那里的时候，他会带着漫画在岸上，他会让我们发誓要保密，我们会把这个秘密带到坟墓里去。

苏茜：好的，还要多久才能到？

我：不用太长时间了。

苏茜：你发誓？

我：我发誓。

苏茜：卡尔文，这过去的一年……

我：嗯哼？

苏茜：过去一年最糟糕的是都没有像这样聊过。

我：是的，这对我来说也是最糟糕的。

苏茜给了我一块曲奇饼。

我：你吃我的吧。

苏茜：为什么？

我：我在定量配给食物。

苏茜：我是这次远征的领导，当我们配给时我说了算。

我：所有伟大的领导都会倾听老百姓的建议。

苏茜：我想你认为你不该得到那块饼干。

我：你说得很对，你知道对我来说，消化过程中什么是有趣的吗？我们根据经验可以知道，胃里的食物可以是各种颜色的，就好像你要吐时，你永远不知道吐出来的东西会是什么颜色；但当食物被消化后被排出时，你肯定知道会是什么颜色的。我猜胆汁的作用就是这个——让所有东西都变成褐色，除非你还是个婴儿。我妈妈的表妹生了一个孩子，他的便便总是令人惊讶。有一次他的便便中还有个棋子，还是大富翁游戏的铁棋子；还有一次有乐高的积木，还是蓝色的。

苏茜盯着曲奇饼，一脸恶心的表情。

苏茜：不管怎样我都会吃掉它，但你吃我才吃，我们一起咬一口。

我们慢慢地拿起饼干，凝视着对方的眼睛，我们同时咬了一下，然后把剩下的塞进嘴里，要多快有多快。

午饭时间到了又过了，我们没吃午饭，只吃了点燕麦饼，苏茜分发饼干时像是在分百元大钞，我的腿感觉像是铅做的假肢，但依然看不到岸，从南边刮来的风永无休止，从未放慢速度或者停下来歇一歇。

苏茜在喘大气，我脑子只想着吃的。

我：你知不知道我反对个体论和世界饥饿？

苏茜：还有战争。

我：还有战争，我敢打赌，如果我们将所有高智商人才、顶尖商人、高科技人才、艺术家、音乐家和电影制作人都聚在一个房间，告诉他们，没想好解决世界饥饿和战争的方法就别出来，我敢打赌，他们肯定能想出来，对吧苏茜？

苏茜点点头。

我：你得说话呀。

苏茜：没错，我也敢打赌。

她嘴里发出的声音听起来就像是"没错，喔也敢搭嘟"，因为她的嘴巴和我一样又冷又干。

我：这就提出了一个哲学问题，如果我反对战争，这将如何影响我在更私人层面上做出的决定？比方说莫里斯，当他欺负我的时候，就像一些国家欺负另一些国家一样，我应该反击吗？战争就是这样开始的吗？这样就违背了我的原则，那我和他就没什么两样了，我试着跟他讲道理，我试着对他友好一点，我试着做个好人，但事情变得更糟。

苏茜：你为什么从来不告诉我？

我：你是说我为什么不搬救兵？我应该让他们参与到和平谈判中来？你觉得这样会有用？

苏茜：没用。

我：我们必须实施制裁，比如，你可以拒绝跟他说话，当你走在大厅的时候，拒绝让他搂着你，还有拒绝和他分享我的三明治。

苏茜：那是你的三明治？

我：一直都是我的三明治，他才不会和别人分享他自己的。

苏茜：嗯……你可以直接给他鼻子一拳。

我：可能是资源分配不均导致了问题。

霍布斯：你的花生酱分配不均。

我：有些人有四个厕所而一些人一个都没有，NBA球员可以每一场比赛就换一双新鞋子而有些孩子一生都没鞋子穿。这是多么愚蠢。对吧苏茜？

苏茜：对。

她说的时候已经有气无力了。

我：还有各种球类有什么意义呢？找个可以用棍子击球很准的人，或者可以把球投进篮筐的人，又或者可以把一个球打进地上的一个小洞里的人，然后我们就给他支付大把大把的钱，开玩笑吧，大哥，那只是个球啊，一个玩具啊！对吧苏茜？如果我们那些钱都捐给穷人，让他们做点生意或者干点别的，这样不是更好吗？

苏茜：玩具……

我：即使是一些相当普通的人，在这里有一栋和一整个非洲村庄一样大的房子，却只给两个人和他们的孩子或狗，这是多么愚蠢的事情，真要这样吗？真要这样吗？并且这些都是所谓的神志正常的人啊。苏茜，你知道还有什么更愚蠢的吗，苏茜——甚至比刚刚说的都还要愚蠢。那就是我们就这样袖手旁观任其发生啊。

苏茜（洋溢出梦幻般的微笑）：这就是我选择你的原因。

我：那是个很好的回应，苏茜，只要超过一个字就是好回应，你知道最后一场战争花费了三万亿美元吗？如果我们能聚在一起吃比萨然后说，这里有三万亿美元，结果会怎样？我们可以用它来杀人，也可以用它来解决我们之间的分歧，我敢打赌，三万亿美元会对解决一些分歧大有帮助，我敢打赌，我们最好的电视广告商可以帮助人们理解弱智的战争是怎样的，你怎么看，苏茜？

苏茜：呣……

我：那可不是个回答哦。

苏茜：愚蠢的。

我：好吧，好吧，用这个词只是想表达我的愤怒，苏茜，世界如此之大。我们认为我们不能改变任何事情，因为如果我们去试，就会有人说我们疯了，但我可以告诉你，这还不是世界上最糟糕的事情。

我想了一下我刚才说了什么。

我：好吧，那可能就这么糟糕了，但不是最糟糕的——

霍布斯：你看她，她冷，疲惫不堪，她的嘴唇都裂开了——

我：苏茜——苏茜，你还好吗？

苏茜：我的腿真的已经没知觉了，还要多久才到，卡尔文。

我脱下手套，赤手挖了点雪。然后将雪握在手中直到它融化成水。

我：喝吧，苏茜。

她把我凹成杯状的手举到她的唇边，然后像猫一样吧嗒吧嗒地喝了。

我又照样做了一次。

直到我的手太冷无法融化白雪。

苏茜：太好喝了。

我：你很棒哦，小苏苏。你很坚强！

苏茜：不坚强。请你再次告诉我为什么我们要这么做？

我：我不知道。

苏茜：……

我：我也不再知道了。

苏茜：……

我：我——我想我是尝试去理解，尝试去弄明白我为什么会是现在这个样子。我想，如果比尔出现了，作了一个关于我的漫画，我就会理解自己的一些事情，就像布·雷德利出现时斯科特也会更加理解自己一样①。它会让我觉得支离破碎的我被重新黏合起来，甚至裂缝都可能会消失——

---

① 小说《杀死一只知更鸟》里面的两个人物。

霍布斯：裂缝。

我：……

霍布斯：冰面上的裂缝。

我一看，冰面上确实有条裂缝。

我：我就跨过了裂缝。

霍布斯：你跨过了它。

我跨过了裂缝。

我活了下来。

我脚下的冰感觉很坚固，但很快我又看到了另一条裂缝，接着又是一条裂缝。

苏茜：冰面正在破裂。

我：不是。记住奥维尔说的。这些是老裂缝。是冰冻了一次又一次的。并且这些裂缝不会相交。

我们走着……

当我们再也忍不住饿的时候，苏茜分发了一块曲奇饼。

我们走着……

苏茜分发了最后一块曲奇饼。

我们走着……

2

雪猿卡尔文,简称耶蒂,环视着他的冰雪王国——

我(对我说):停!

人类把他赶到最寒冷的荒原——

我(对我说):停!停止幻想!

他的伴侣比他小,比他弱,已经超越了她耐力的极限。她有点露出牙齿尖,想咬东西的样子,但当你是个灭绝了的物种时,你得带你的爱人去你能去的地方。

我:还好吗,苏茜?

她摇了摇头。

我:让我背你走一会儿吧。

她又摇了摇头。

我:好嘛,让我背你走一会儿。

苏茜:我太重了。

我：别跟我争了，伙计，只能服从。

她伸出一只手挡住我。

苏茜：你现在是谁？

我：雪猿耶蒂，我们可以做到的，苏茜，就把它看作是一个视频游戏，大雪和寒冷就是敌人，我们要做的就是到达下一个雪堆或像鳍隆起的冰面，或在冰面上踩出二十个凹痕，然后我们就进入下一关，每一关都比上一关难一点儿，但如果你避开了陷阱门，继续四处走动，你就会玩得很好。你玩得还行对吧？

她摇了摇头。她不想玩这游戏。

我：苏茜，当我们去到湖的另一边时，我要给你买煎蛋和很多涂上厚厚黄油的白面包吐司，还要吃薄煎饼做甜点。

苏茜：还有早餐吃的巧克力蛋糕。

她说的话听起来像是"遭餐巧克单糕"。

我：没有叫早餐巧克力蛋糕的东西呀。

霍布斯：肯定有。

宇航员斯毕夫环视伊利星球的冰封荒地，他有个讽刺的想法，认为这地方的名字取得真好。他和他的宇航员同伴肯定死定了，他们飞驰穿越太空的黑暗却被困在这个到处是岩石和冰块的星球。

他们已经联系了旗舰船，还没有失去全部希望，但船长能收到信息吗？他会认为中断他自己的任务去拯救他们是值得的吗？他们将被宣布为太空探索事业的英雄，人们将会猜测他们被困了多长时间才死去。

但斯毕夫不会那么轻易放弃，最后，旗舰船将来到这个星球，船长一定会惊讶地发现他们已经征服这里恶劣的天气，并克服重重困难中幸存下来，斯毕夫看着他的女助手，她是一位优秀的宇航员——毫无怨言，怀揣着能找到避难所的希望向前奋进。船长还会惊奇地发现他们不仅幸存了下来，而且还生了孩子——他们的第一个孩子伊利星球的第一个公民。

苏茜：你为什么那样看着我？

听起来则像是："尼威什么那样刊喔"，她已经太虚弱了。

我：噢，没什么。

比尔，当我听到世界上最可怕的声音——苏茜的哭声时，我脑子想的就是我要活下去，最重要的是我想苏茜活下去。

我：苏茜？

苏茜（抽着鼻子）：……

我：苏茜？

苏茜：你逗我吧？

听起来像是："尼兜喔吧？"

苏茜：岸在哪里？我们现在应该能够看到陆地才对，我们将死在这个可怕的湖上了！

我：其实，这个湖本身不可怕——

苏茜：别跟我说话。

我：我只是——

苏茜：别！别再跟我说话！我不是在跟你说话，你明白吗？别再说了，你就是这样杀死我的。

我：苏茜，我不会让你死的。

苏茜：让我？让我？我告诉你，你不能让我做任何事，我不需要你的允许去做任何事情，包括去死。

我：……

苏茜（有点喘气）：

我：刚刚你说的我该怎么回应？

她站着一动不动。

苏茜：我现在走不动了。

我抱住她。

耶蒂的伴侣把她的头放在他的肩膀上，某种他无法言语的原始的感觉充斥其身，他会做到的。他会带她到安全的地方，去人类文明的世界。

毕竟都是他的错。

都是他的错都是他的错都是他的错——

身上的体液还在流动，我们没有冻结住，我们是被冻干了，冻干瘪了，那个湖正在扼杀我们的生命，我用手融化了更多的水，但只够给她喝了一两口，我的双手就像两颗蛀牙，一阵阵抽痛。

霍布斯：我的爪子痛，我口渴。

比尔，当你在一个平坦的、冰冻的湖的中央，你就像正处于一个正圆的中心，这在某种程度上来说是很棒的，因为这就像世界真的围绕着你旋转一样，就像你在所有意义的中心一样。但是这也有点怪异，因为不管你走了多长的时间，付出多少努力，你都无法摆脱那个圆圈的中心，无论你身处何方，你都处在已知宇宙的中心，无论你走到哪里，宇宙中心都跟随着你，即使它是你能想到的最愚蠢的宇宙。

霍布斯:我饿了,我爪子痛。

地平线上的太阳再次变得越来越低,我的腿也在沉落。很快就到晚上了,我的腿也要断了,苏茜拖着脚步慢慢地走着,我感到越来越冷。

突然,她停下来,大声尖叫。

苏茜:卡尔文!灯光!

我差点被我早已没有知觉的脚给绊倒。

或许那些只是星光……

但不是,那就是灯光,在远处,虽然很微弱,但肯定是灯光。

苏茜:陆地!我们成功了!我还以为我们要死了,我知道从湖面上看东西的距离要比实际距离近得多,但我什么也没说。

苏茜:噢。

我:哦?

她呜咽着。

苏茜:我想我把雪裤尿湿了。

我:没关系,没关系,苏茜。

苏茜:我也不想的。

我:是呀,如果你真的想那样的话,情况就不一样了。

苏茜:尿湿裤子时暖和了一下子。

霍布斯：我们能别说得那么详细吗？

苏茜：但现在很冷。

然后，比尔，她开始颤抖。

她正在颤抖，每一个童子军的成员都知道，这种情况不妙。

你无法逃避她正在颤抖的现实。

好吧，比尔，我看到了完整的霍布斯——一只有八英尺大的老虎，头像个篮球那么大，爪子跟燕麦碗那么大，全身的肌肉凸显在皮毛下嘎嘎作响，现在我可以看清楚它的每一根毫毛，橙色的身体与白色的冰和雪相映，头上顶着个"王"字的花纹，它和苏茜一样真实，或者说苏茜可能和它一样真实，又或者也许没有什么是真实的，包括我，我慢慢地转了一圈，回到霍布斯和苏茜的身边，苏茜已经坐了下来。

我：别呀，苏茜，你不能坐下。

苏茜：我想睡觉。

我：不，不能睡觉。

苏茜（话说得太小声了我几乎听不见）：失去理智的感觉就是这样的吗，卡尔文？就像你的大脑一下子就被一百个想法填满了，它们都不会一起消失,并且你不知道你所看到的和听到的是否是真实的?是这样的感觉吗?

我:是的,苏茜,就是很像这种感觉,起来吧。

我把她拉起来,但她的膝盖开始弯曲。

苏茜:对不起,卡尔文,我站不起来。

我:我背你。

苏茜:不,我得自己走。

我:对,你得自己走,加油!

苏茜:等会儿。

她的身体就像纸片一般折了下来。

霍布斯:让她变疯。

我:滚开。

霍布斯:让她追着你走。

我:我——

我停了下来。

我弯下腰,捡起一把雪,砸向她。

霍布斯:就是这样!

噗!

苏茜:卡尔文!

她想尖叫,但只发出尖锐可怜的声音。

我又砸了她一个。

噗!

霍布斯:这样会让她站起来!

苏茜:卡尔文,你到底在干什么?住手,你个变态!

她说话变得有点力气了。

我:打雪仗!打雪仗!谁赢了谁就是老大。

苏茜:你敢再砸我,我就——

我:你就怎样?你就怎样?

我又扔了个雪球,噗!

她像一个老妇人一样站起来,捡起了一些雪,慢慢地把它变成了雪球。

苏茜:我就给你这个!

我试着左右跳动一下,但我实在太僵硬了,只能像个机器人一样移动。

苏茜:这个雪球是给你的,叫你把我带到这个愚蠢的冰湖上来——

我躲开了,雪球从我身边飞过,她又弯下腰。

这一次她扔得更快些,砸中了我的腿。

噗!我又砸中她。

我：你得追我才行。

她做了一个大雪球。

我朝着灯光的方向迈着沉重的步伐，她开始跌跌撞撞地跟在我后面，她摇摇晃晃地走着，像一个穿着臃肿纸尿裤的婴儿，我们一边尖叫着，一边发出干燥气喘的笑声，然后我打了个滑，摔了个四脚朝天，她把雪球扔在我脸上还说："我要揍你，你这浑蛋"。

她在我面前挥动双臂，我把她挡住了，我们保持手臂那么长的距离，然后，她停了下来，有那么一分钟呼吸困难，幸好最后她说可以走了。

> 我觉得我们可以成功，比尔。也许呢灯光并不是那么遥远。

但结果是真的很远。

风把我们前面的冰吹得光溜溜的，所以有那么一会儿路好走了些，然后，苏茜又开始颤抖。

霍布斯就在我们前面走着，一声不吭，也没回头看我们，但我现在可以看到它整个身体，随时都可以，它偷偷地在我前面，迂回前进。它将鼻子凑到冰面上，好像它闻到冰面下有什么一样。

我：我想清楚了一些事儿，霍布斯，你说的可能一直都是对的，我不能控制你，不能逼你消失，但你知道吗？如果我不能控制你，那你也同样不能控制我，我知道这点就够了。

霍布斯：你中有我，我中有你，你不能将我们分离开。听我说，可能许多人都有一只老虎，但他们并不知道，我可以帮你。

我：我从没想过要伤害她。

苏茜：卡尔文，怎么了？怎么了？

她的声音很小很干，好像她的喉咙已经封闭了一样。

她的脸真的很安详。

苏茜：卡尔文，我太困了……

她停下来，闭上眼睛站在那儿。

我把她抱起来，让她的胳膊搂在我的肩膀上，她根本不重，一点儿也不重。

我：别在我身上消失，苏茜，给我保持清醒，好吗苏茜？即使我只能拥有梦中的你，我都会接受。她没吭声。

这时珍妮绿牙怪爬了出来了，比尔！首先她的手，又大又紫，指甲又长又卷。然后她的头发是海带，眼睛是鱼眼睛，没有眼睑，目光呆滞，在她的黑色的嘴巴里，牙齿长着绿色的苔藓。

霍布斯咆哮了一声。

她爬出来，体形庞大，完整地出现在我面前。

珍妮：我溺水了，但我忘了去地狱。

一个巨人用他无比强壮的手臂抱着那个无助的少女，如果苏茜知道她是一个无助的少女的话……巨人从绿牙怪珍妮旁边走开，但他能听到她在跟着，听到她在他身后扑哧扑哧地跟着，扑哧，扑哧，扑哧，她湿漉漉的裙子在冰面上拖着，她跟着他，不会离开，巨人不得不转过身来面对她。

我：我们能说清楚不？拜托你能别跟着我们吗？

珍妮：水下面很暖和，下来吧。

我：不了，谢谢。

珍妮：为什么会有只老虎？

我：为什么会有个鬼魂？

珍妮：因为我已经死了。

我：听你这么说，我表示非常遗憾。

珍妮：那个女孩儿快死了。

我：不。

珍妮：在水下她会更暖和些。

她跟着我们，但没有更进一步，边缘被冰围起来的眼睛紧盯着霍布斯,当她眨眼时,眼睛会发出滴答声。

滴答。滴答。

珍妮:起初你感到冷,渐渐地你不冷了,最后你竟然觉得暖和还有你的梦——

我:你不是真实的,你不存在这儿,别跟着我们!

珍妮:我是真实的。

我:你不是,是我幻想出你。

珍妮:是的,是你幻想的,我是被幻想出来的,但我确实在这里。

我:你现在得离开。

那个湖是一个大鼓,这鼓在发出砰砰声、隆隆声,在我们听不到的音域振动着。

巨人抱着少女,一直走着,冰面已经开始在他身后裂开……停,停,停。

珍妮:冰面下有很多怪兽。

滴答。

我:……

珍妮:你是怎么了?

滴答。滴答。

我：……

珍妮：都说冰面下有很多怪兽咯。

巨人放下少女，即使拥有他那无法形容的力量，他也不能把他的整个世界永远都抱在怀里。

我：霍布斯！谁更强壮？是你还是珍妮？

霍布斯：我，我总是会救你的。

我：我知道。

霍布斯：一直以来都是这样。

我：没错。

霍布斯：我们可是好哥儿们，对吧？我知道哪里的冰面是安全的，跟着我就是了。

我：霍布斯，你和珍妮绿牙怪之间——谁更强壮？

霍布斯：没把她放在眼里。

我：拜托了，霍布斯，赶走她吧。

霍布斯慢慢地转向了珍妮，他咆哮着，在我身后跃起离开，我又把苏茜抱起来继续走。

我可以听到霍布斯的咆哮。

我：苏茜，冰面下有很多怪兽，但没关系——霍布斯可以解决它们！

苏茜：嗯……

我听到了一种可怕的刺耳声，就像金属在金属上研磨。

苏茜：那是什么……

我：你听到了，苏茜？

珍妮绿牙怪在哀号，霍布斯在吼叫，声音在空旷的湖面上回荡着。

珍妮咕噜咕噜沉入水里，霍布斯大声地吼叫，那吼叫充斥整个天空。

苏茜：冰面正在破裂——

我：不，苏茜，那是霍布斯正在把珍妮赶回冰面下。

苏茜：那是冰块发出的尖叫声。

然后，霍布斯又出现在我们面前，舔着它的肋骨，上面沾满绿色的汁。

霍布斯：就跟我说的那样，没把她放在眼里。

然后我让苏茜站了起来，比尔，我们站在彼此旁边，盯着岸边的光，我不记得它们是星光，还是我脑子幻想出来的其他东西，霍布斯和我站在一起，我爱他也爱苏茜，我哭了，因为我也爱我自己，我曾经知道这一点，只是后来忘记了，就像我忘了它们是星光还是灯光一样。

然后苏茜倒下了。

3

苏茜躺在我的身旁，蜷缩在冰面上像个婴儿，好像那个湖有了个孩子，把她丢在那里，甚至都没放在篮子里或者家门口，只是把穿着蓝色衣服的婴儿丢在那里睡觉，我看到了冰上面的裂缝，这一次裂缝没有蔓延开。

你在哪里，比尔？这就是我一直在想的，你在哪里？你应该已经知道我们迟到了，晚了许多，我不记得我六岁起就疯了，但是那时我是如此之疯，我站起来并开始大声呼喊——对着湖，对着天空，对着你，比尔，尤其是你。

我：为什么你要那么隐蔽？那么神秘？你为什么不出现？你为什么不回复粉丝的信件？偶尔回复一下会死吗？你成名了！你的作品激发了读者一生的忠诚，太迟了！你为什么就不能多一点在乎我们，担心我们，来到这里呢？

我坐在她旁边的冰上，太阳几乎落在湖面上了，又开始冷了，我再背不动苏茜了，但我也不能丢下她。

然后，霍布斯坐在我们旁边，就像一个毛茸茸的大火炉，我感到很温暖，我感到很温暖，除了我的脸，因为眼泪正变成了雪泥。

坐在那里，我意识到一些重要的东西，比尔，其实你是在乎我们的，我知道你在乎，因为不管怎样，你创作了卡尔文，还给了他这个神奇的大脑，让他能做了不起的事情。

就好像他的想象力能够看穿混沌的现实，然后说，想打架吗？这就像他的想象力——可以径直走到现实的黄金王位上，拒绝鞠躬。

你把他创作成那样，如果这都不能显示出你的在乎，我就不知道什么可以了。

很好比尔，我爱我的脑子，时间可能是一个维度，但是人类的大脑可以把它分割成分钟，以存在的现象观察它，如果没有生物学和人类的大脑无休止地猜测这一切是什么意思，物理学和化学也没多大意义，太空可能是无限的，有无数的恒星，但它不知道它自己有多美丽，我知道，卡尔文知道，未开始英语课题作业的卡尔文，未完成生物课题作业的卡尔文，精神分裂反常的白日梦患者——卡尔文。

我让苏茜坐起来，好告诉她我所想明白的事，但她的头已经垂下，好像就要掉下来一般。

苏茜（含糊地说）：我忘了。

我：什么？你忘什么了？

苏茜：为什么活着很重要。

我：好吧，因为有圣诞节呀，苏茜。

苏茜：圣诞节。

我：还有热巧克力。

苏茜：……

我：还有漫画。

苏茜：还有雪。

我：还有暑假。

苏茜：还有亲吻。

我：那美是最好的东西了。

我吻了她，就在她裂开的嘴唇上。

苏茜：我已经感受不到了。

我：我也是，但你知道吗？我了不起的大脑臆想出幻影苏茜和我一起来徒步，她长得和苏茜·麦克林一样，如果我的大脑可以那样做，它也可以幻想一个强壮、正在行走的你，你现在要站起来然后——

苏茜：我听到直升机的声音。

我：或者它也可以臆想出一架直升机——但没有直升机呀，是冰块的吱嘎声……

过了一会儿，真的有一架直升机。

它从南边一直飞向我们，它很真实，既真实又大还很吵，它还有灯，它真是一架直升机。

我站起来，挥舞着手臂和手电筒，尖叫着。

最后，它在我的上空盘旋，就像一只巨大的怪物蜻蜓，我看到他们从直升机门投出一个吊篮。

就在这时，我右边的冰就像一个破碎的头颅一样裂开了，

又一股污水从我左边涌出来。

很快我们所在的地方就会变成一个冰岛。

螺旋桨的风急促地打在我们身上，但苏茜却一直抬头盯着，风吹到她的脸上，她不停地眨着眼，霍布斯的毛向各个方向吹去。

一个穿制服的人爬上吊篮，正朝我们被放下来。

医护人员（由于直升机太吵而不得不大喊大叫）：我先带她上去！

我：她？

医护人员：抱她起来……

我：你看得见她？好的，带她走吧！给你！你竟然可以看见她！

我把苏茜抱在怀里,吻着她耳边的头发说:"你现在不会有事了,苏茜,你不会有事了。"

他把她从我怀里抱起来,就像抱起一个大布娃娃,把她放进吊篮里,然后他也爬了进去,吊篮开始升起。

医护人员:我会回来接你的!

裂缝慢慢地来到我和霍布斯周围,直升机的轰鸣声和冰块的刺耳声和嘎吱声交织在一起震耳欲聋,裂缝在不断扩大。

那个湖就在我的脑子里边,我把那个巨大的湖放到我的脑子里,我可以把它缩小,把它看成地球上的一个蓝色斑点;或者我可以放大,把每一片雪花都看成两片完全相同雪花当中的一片。我正站在湖面上,把它的每个角落都塞入我的脑袋,但那个湖却不知道我的存在,它感受不到我,它无法理解我,也无法把我放大或缩小。

我可能会在一分钟内掉进一个冰冷的湖,但我可以想象出一只老虎,根据骨头想象出恐龙,还可以想象出躲在床下的怪物,那我也可以想象我可以飞行,这是一个有毛病的大脑可以做的事情——它可能知道它生病了,它知道它可能会死掉,那就是卡尔文的大脑,人类的大脑,只有人类的大脑才能知道一只全身发热的老虎在冰冷的湖面上的情况。

我拥有那个湖,就在我的脑子里,比尔,但湖没拥有我,还没有。

吊篮正下来接我。

霍布斯:只要你知道——

我:什么?

霍布斯:只要你知道你有一只老虎就好,不要让我现身,让我待在你脑子里。

我点点头,不是很确定它的意思,但我知道只要吊篮能及时下来接我们,我就可以想明白。

霍布斯:我们是哥儿们。

我:没错。

霍布斯:我们是朋友。

我:是的。

霍布斯:别放弃改变世界的想法。

我:好的。

霍布斯:别放弃。

我:我不会的。

霍布斯:别让莫里斯欺负你。

我：好的。

霍布斯：记住，卡尔文，你要胸中有虎！比尔并不是你生命中的"圣光"，只有你自己才是！

我：好的。

霍布斯：要做作业，但也别忘了去找乐子。

我：好的。霍布斯……

大片的浮冰开始倾斜，它像一只柴郡猫一样咧嘴笑着。

我：没有霍布斯的卡尔文，这样是行不通的。

突然间，吊篮就在我眼前，医护人员正用手把我抬进吊篮。

我：霍布斯！上来！

医护人员：别怕，孩子。有我在呢。

我：你得去接霍布斯！

医护人员：你全身真的好冷，来吧，坐下吧，否则你会给我们俩都带来麻烦。

我：霍布斯！

吊篮子升了起来，我们高过冰面，然后我们就上了直升机。

当我们离开的时候，我看到霍布斯像一条橙色的毯子，漂浮在黑色的水面上。永别了我的朋友，谢谢你的忠告！回望霍布斯的时候，我忽然觉得我内心最隐秘的地方亮了起来。

4

这就是事情经过,比尔。

照顾苏茜的医护人员已经在给她打点滴。

我:她会没事吗?

医护人员一(在忙):……

医护人员二(对着我):我要你把自己裹在这毯子里,把这个暖袋放在你的腹部。

我:可是她会好起来吗?

苏茜:卡尔文在哪?

医护人员一:他在这儿,你马上就可以和他说话。

苏茜:哪里?我看不见他。

医护人员看了我一眼说:"我不知道她为什么想见你,但她确实想,那就把你的小屁股挪过来这里吧。"

我:我在这儿,苏茜。

我跪在担架旁边，抚摸着她的头发，那是我摸过的头发中最真实的了。

苏茜：你觉得这件事会见报吗？

她的声音太小了，我不得不根据她嘴唇猜她的话。

我：我希望不要，我不想让比尔知道我对你做了什么。

即使在我这么说的时候，我也知道我必须告诉你一切，坦白一切，为这一切道歉。

苏茜：你欠我，太多。

我：我余生都欠你。

苏茜：是的。

她笑了。

我握着她的手，憧憬着这辈子都要感激她，就算我老了也还要感激她。

我：好的，那我从哪里开始好呢？

苏茜：那就先把你的药吃了。

我点了点头。

苏茜：然后跟我在一起。

我：我在跟着呢。

苏茜：……

我：霍布斯消失了。

苏茜：会难过吗？

我：会。

医护人员二：好吧，孩子，我要你裹起来，把这个暖袋放在——

我（对医护人员二）：你们知道我们在这里？在湖面上？

医护人员二：我们接到一个电话，你只需要知道你要为这次小小的救援付一些钱。

在苏茜的鼓励下我重回学校了。

当我走进校园的时候，莫里斯说那怪胎回来了，但其他人都好像在说我看见你上报纸了。

大部分人都是问这样的问题：

"直升机是长什么样的？"

"你和麦克林真的在一起了？"

"她说你们睡在同一个帐篷？"

"为什么你的脸被晒伤了？"

"她的尾脚趾被冻坏掉了是真的吗？"

"你的脚趾在掉下来之前会变黑是真的吗？"

我从来没有那么受欢迎过，我以为他们会叫我神经病或者类似的绰号，但就算他们真的有，也没有当着我的面叫，再说了，那再也不是一个坏绰号了，那就是个事实。回去学校的第一天，苏茜和我坐在一起吃午饭，莫里斯企图抢我的午餐，但我阻止了他，并且苏茜还笑话他，让他去剪剪鼻毛，于是他就抢苏茜的午餐，我狠狠地教训了他。

他告诉校长我在欺负他，然后我就摊上事儿了，但从此以后莫里斯没再骚扰过我。我已经启动了一项安抚政策，希望通过外交途径解决目前的紧张局势。

我的英语老师原来是一个友好的外星人，还建议我把这次经历的一切都写下来，作为我的英语课题作业，而且考虑到情况特殊，她甚至不会因为晚交而取消分数。也许她只是出于友善，因为我知道她这个外星人的底细，但是当她看到我写的页数时，也许她会给我一个像样的分数。

我还为我的生物学的课题作业申请了延期，写的是一篇关于我们是如何正在污染和摧毁伊利湖，以及其他的大湖如何会成为下一个污染目标的文章，苏茜读了文章然后说如果我都得不到A，没人能得到A。

我开始吃药了，而且有效果了，药物对我帮助很大，并且我没有任何副作用，原来费尔本医生念了十二年的书没有白念。

我还看望了医院的那个大兵，这次他没向我敬礼了，因为他现在也在吃药了，原来我们两个都喜欢下棋，他可能会成为我第一个男性朋友。

有时候，当火炉的火在烧着时，当我在喝着热巧克力，吃着棉花糖时，我依然可以感受到霍布斯在房间里或者在我旁边，我不介意，我的意思是，如果漫画只叫《卡尔文》那它肯定不会成功的，卡尔文与霍布斯是不应该分离的。

霍布斯没说话，但我能感受到它在我周围，那种感觉提醒我不要放弃改变世界的梦想，还要确保自己照顾好自己。

我们的父母以为苏茜和我一起逃跑了。起初，苏茜的父母对我和她交往制造了一些麻烦，尤其是当他们知道发生的一切后，这也是人之常情。但她告诉他们，我们是卡尔文和苏茜，是注定要在一起的，我摇尾乞怜好长一段时间之后，他们也就不记恨我了。

苏茜让我每晚都做作业，原来如果你完成作业的话，上学也没那么可怕，苏茜要我养成习惯，因为我上大学要念很长一段时间，这样我才能成为一个神经系统科学学家。以前我抱怨不认识鸟类，而她就说："让我给你介绍阅读的乐趣"，就给我买了一本关于鸟的书。如果我不想做作业，她就会脱下鞋子和袜子，这样我就会看到她的脚尾趾已经不在了，然后我就会告诉她："停！你要我做什么就做什么。"

好吧，比尔。

这就是整个故事。

我现在没事了，但很长一段时间内我都不会再想去伊利湖了，我知道不是你创造了我，你不能让我变得更好，你也不能掌控我的命运，我掌控我自己，并且我可以提出更深邃的我大脑都无法回答的问题，想想都觉得可怕。但这也是冒险的一部分，我喜欢这样想你，你在外面正发挥着你的聪明才智做一些新的、很了不起的事情。

这是我给你写这封信的第二个原因：说声谢谢。我一直不知道是谁通知了紧急服务中心的人来接我们，显然，拨打911电话的人不需要提供任何个人信息，苏茜和我觉得，可能是出租车司机，或是奥维尔·沃茨，或是那个开着无门卡车找弗雷德的人，也可能是诺亚。

但是，为什么这些人不愿意承认是他们通知的呢？

肯定是你通知的，比尔。

你自己说过，这个世界是一个充满神奇的地方。

你忠实的，

卡尔文

ⓒ 民主与建设出版社，2018

图书在版编目（CIP）数据

寻圣光的人 /（美）玛蒂娜·莱维特著；
周天亮译.—北京：民主与建设出版社，2018.6
书名原文：CALVIN
ISBN 978-7-5139-2174-9

Ⅰ.①寻… Ⅱ.①玛… ②周… Ⅲ.①长篇小说 - 美国 - 现代
Ⅳ.①I712.45

中国版本图书馆CIP数据核字（2018）第 112575 号

Title: CALVIN

Author: Martine Leavitt

ⓒ 2015 by Martine Leavitt All rights reserved

版权登记号：01-2018-3628

寻圣光的人
XUN SHENG GUANG DE REN

出 版 人	李声笑
著　　者	（美）玛蒂娜·莱维特
责 任 编 辑	刘　艳
特 约 编 辑	李让让
封 面 设 计	иь46设计 QQ:1067244694
出 版 发 行	民主与建设出版社有限责任公司
电　　话	（010）59417747　59419778
社　　址	北京市海淀区西三环中路10号望海楼E座7层
邮　　编	100142
印　　刷	北京时捷印刷有限公司
版　　次	2018年6月第1版
印　　次	2018年6月第1次印刷
开　　本	880毫米×1230毫米　1/32
印　　张	6.5
字　　数	110千字
书　　号	ISBN 978-7-5139-2174-9
定　　价	39.80元

注：如有印、装质量问题，请与出版社联系。